Felix Huby

Bienzle und die
lange Wut

Roman

W0014772

Rowohlt Taschenbuch Verlag

4. Auflage April 2005

Originalausgabe
Veröffentlicht im Rowohlt Taschenbuch Verlag,
Reinbek bei Hamburg, Juni 2000
Copyright © 2000 by Rowohlt Taschenbuch Verlag
GmbH, Reinbek bei Hamburg
Redaktion Wolfram Hämmerling
Umschlaggestaltung Notburga Stelzer
(Foto: Bavaria / M.u.H.)
Satz Bembo PostScript, PageOne
Gesamtherstellung Clausen & Bosse, Leck
Printed in Germany
ISBN 3 499 22805 x

1 Joe Keller schaute zufrieden über die Köpfe seiner Freunde hinweg. Er stand hinter der Verkaufsluke seines Imbissstandes. Das Fest kam langsam, aber sicher auf Touren. Aus zwei Boxen, die Joe links und rechts von der Ausgabeöffnung aufgehängt hatte, dröhnte Musik, die Joe nun zu übertönen versuchte: «Greift zu, Leute! Keine falsche Bescheidenheit!»

Mascha stieß die schmale Tür auf und kam herein. Sie lehnte sich gegen Joe und küsste ihn in die Halsbeuge. «He, du, das wird aber teuer ...»

Joe grinste sie an. «Für dich ist mir doch nichts zu viel.» Die Musik verklang, und nun konnten alle Joe hören. «Man wird nur einmal zwanzig, stimmt's?»

Ein paar der jungen Leute stimmten an: «Happy birthday to you ...» Dazu trommelten einige von ihnen auf herumstehenden Tonnen, die sie allerdings erst umdrehen mussten, wobei der ganze Müll rausfiel. Joe beugte sich hinter seinen Verkaufstresen und holte ein paar Flaschen aus dem Kühlfach. «Champagner für alle!», schrie er.

«Wo hast du denn den her?», fragte Mascha.

Und einer der Jungs rief: «Hast du neuerdings einen Geldscheißer, oder was?»

«In der *Stiftung Warentest* steht: Vom Kauf abzuraten – da hab ich ihn einfach so mitgenommen ...!» Joe warf die Flaschen ein paar seiner Kumpels zu. Beim Öffnen spritzte der Champagner entsprechend. Mascha schob eine neue Kassette in den Radiorekorder. Einige der jungen Leute fingen an zu tanzen. Jürgen, ein breitschultriger Zwanzigjähriger, trat zu dem jungen Paar, während Joe laut rief: «Und Futter für alle – geht alles aufs Haus!»

«Trägt das denn der Laden?», fragte Jürgen besorgt.

Joe schlug dem Freund auf die Schulter. «Siehste doch – läuft wie Rotz!»

Jürgen lachte: «Na ja, solange ihr alle freihaltet ...»

«Ach was, das sind Investitionen – Werbemaßnahmen, verstehst du? Als Existenzgründer musst du dir was einfallen lassen ...»

Am Rande des Standplatzes hielt ein Auto. Zwei Männer stiegen aus. Beide trugen eng geschnittene Tuchmäntel. Sie waren nicht viel älter als Joes und Maschas Gäste, und doch sahen sie aus, als kämen sie aus einer ganz anderen Welt.

Joe sah ihnen entgegen, und sein Gesicht verfinsterte sich. «Wir haben heute eine geschlossene Gesellschaft», rief er.

Der größere der beiden grinste Joe an. «Guter Witz ... Wie sieht's denn mit der Kohle aus?»

«Heut ist Maschas Geburtstag», sagte Joe. «Über Kohle kannst du morgen wieder mir mir reden, Sarrach.»

Der Große schüttelte den Kopf. «Ich glaube, das siehst du nicht ganz richtig. Die Rate ist seit vierzehn Tagen fällig.»

«Ich ruf den Lohmann morgen an», sagte Joe obenhin.

«Der schickt uns ja grade, weil er deine ewigen Ausreden nicht mehr hören kann. Wenn du sechs Wochen im Verzug bist, verfällt der Vertrag für den Standplatz. Aber die Kohle bleibste natürlich trotzdem schuldig! Ich wollte dir das nur nochmal ganz klar machen.»

Joe sah sich um, ob auch keiner seiner Freunde zuhörte. Aber nur Jürgen stand in der Nähe. «Ja, ja, ist ja gut!», sagte er ungeduldig.

«Eben nicht.» Sarrach war noch immer freundlich.

Deshalb hatte Joe auch den Mut nachzuschieben: «Mann, du störst. Du verdirbst uns das ganze Fest!»

Sarrach hob die Arme, als ob er sagen wollte: «So ist die Welt», drehte sich dann aber um und ging zu seinem Wagen zurück. Der andere Mann, der die ganze Zeit kein Wort gesprochen hatte, folgte ihm.

Jürgen sah Joe überrascht an. «So leicht gibt der sich zufrieden?»

«Der weiß doch, dass ich zahle. Und der Lohmann weiß das auch. Die werden doch die Kuh nicht schlachten, die sie melken.» Er fasste Mascha um die Hüften und stieg mit ihr die drei Stufen hinunter, zog sie noch enger an sich und küsste sie.

Mascha sagte ihm leise ins Ohr: «Du, ich hab dich wahnsinnig lieb.»

«Und ich dich erst ...!», flüsterte Joe zurück.

Nach einer Pause, in der die beiden selig miteinander tanzten, fragte Mascha: «Glaubst du, wir schaffen's?»

«Ja, was denn sonst? – Vor zwei Stunden hab ich noch mit einem Banker geredet, der unser Unternehmen an die Börse bringen will!»

Mascha kicherte. «Spinner!»

Joe fuhr fort: «Und die vom Verband junger Unternehmer wollen mich zu ihrem Vorsitzenden machen.»

Er nahm Schwung auf und tanzte mit Mascha in die Mitte. Nach und nach hielten die anderen Paare inne und klatschten im Rhythmus, während Mascha und Joe im Zentrum herumwirbelten wie die Derwische. Immer schneller, immer verrückter und noch schneller und noch verrückter, bis plötzlich die Musik zu Ende war und die beiden eng umschlungen und außer Atem stehen blieben.

Ernst Bienzle betrat um die gleiche Zeit eine Wohnung im zweiten Stock eines alten Jugendstilhauses in der Ludwigstraße. Seine Schritte hallten laut. Er ging durch große, hohe

Räume, die durch Flügeltüren miteinander verbunden waren. Ein alter, lichtbrauner Parkettfußboden spiegelte das Licht der Straßenlaternen, das durch die großen Fenster fiel. Hinten raus, wo man in den Park am Ende der leicht ansteigenden Stichstraße schauen konnte, stieß Bienzle auf eine Veranda, die man wohlwollend auch als Wintergarten hätte bezeichnen können. Von der Wohnungstür bis zu diesem verglasten Raum waren es 47 Schritte. Bienzle hatte sie genau gezählt. Vorher hatte er im Stillen zu sich gesagt: «Wenn es mehr als vierzig sind, ist alles gut.»

Er machte oft solche Orakel, hätte aber nie zugegeben, dass er abergläubisch war. Wenn ihn jemand fragte, was für ein Sternbild er sei, lachte er nur und sagte, er gebe auf so was nichts. «Wissen Sie, ich bin Schütze, und Schützen sind von Haus aus skeptisch!»

An der Tür klingelte es. Auch dieses Geräusch klang in den hohen, kahlen Räumen laut und aufdringlich. Bienzle ging die 47 Schritte zurück und öffnete. Hannelore stand vor der Tür. Er schloss sie spontan in die Arme.

«Sie ist es», sagte er, «genau die Wohnung, die wir suchen.»

Hannelore legte die Stirn in Falten. «Dann brauch ich sie mir wohl gar nicht mehr anzuschauen . . .?»

«Doch, doch, du musst sogar. Du wirst begeistert sein. Los, komm, ich zeig dir dein künftiges Atelier.»

Seine Begeisterung war ansteckend. Hannelore folgte ihm. Wie gut, dass der Vermieter Bienzle den Schlüssel überlassen hatte; so konnten sie bis zum späten Abend ihre Pläne machen. Und als sie endlich in Paolos Trattoria ankamen, um das Ereignis zu feiern, war es schon fast elf Uhr.

Mascha und Joe kamen gemeinsam mit Jürgen in ihre Wohngemeinschaft zurück. Als sie sich endlich müde und glücklich auf ihrer großen Matratze aneinander schmiegten, sagte Mascha: «Du, Joe ...»

«Hmmm?»

«Wenn du dich mal in eine andere verliebst ...»

«In wen denn?»

«Ist doch jetzt egal!»

«Stimmt, weil das nämlich nicht passieren kann.»

«Und warum kann das nicht passieren?»

«Weil ich *dich* liebe. Und zwar ultimativ.»

Er zog sie an sich und küsste sie. Der Kuss wurde leidenschaftlicher. Joe streichelte das Mädchen zärtlich, und sie gab jede Zärtlichkeit doppelt zurück.

Mascha hatte Mühe, grade noch zu sagen: «Ich glaub, ich würd dran sterben!»

Bienzle hatte sein Büro schon lange nicht mehr so schwungvoll betreten.

Gächter sah ihn verwundert an. «Du kommst daher, als ob du frisch verlobt wärest.»

«Ja, so was in der Art ist es auch!» Begeistert erzählte Bienzle von der neuen Wohnung, in die sie nun wieder zusammenziehen würden, er und Hannelore. Er hatte Urlaub eingereicht. Ein paar Tage wollte er mit Hannelore nochmal in den Schwäbischen Wald fahren und im Steinachtal wandern. Danach werde er gemeinsam mit ihr die Wohnung streichen und tapezieren.

«Aber so was kannst du doch gar nicht», sagte Gächter.

«Mr kann älles lerna, wenn mr will», gab Bienzle fröhlich zurück.

«Na, da wär ich gerne dabei, wenn du deine Wohnung nach dem Prinzip von Versuch und Irrtum renovierst!»

«Kein Problem. Komm ruhig. Dann kannst mir a bissle

helfen.» Bienzle setzte sich hinter seinen Schreibtisch, streckte die Beine weit von sich und hakte die Daumen in den Hosenbund. «Bloß gut, dass das Verbrechen zurzeit einen Bogen um Stuttgart macht.»

2 In der Nacht hatte es zu regnen begonnen. Ein tiefer grauer Himmel hing über der Stadt. Kurz nach acht Uhr begannen Mascha und Joe damit, die Überreste des Festes zu beseitigen.

«Hast du eigentlich mal zusammengerechnet, was uns das gestern alles gekostet hat?», fragte Mascha.

«Das lass ich lieber», gab Joe zurück.

«Der Lohmann verlangt aber sein Geld, und ich fürchte ...»

Weiter ließ Joe sie nicht kommen. «Der weiß doch, dass wir die Kohle beibringen. Dem kommt's auf ein paar Tage hin oder her nicht an.»

Maschas Miene zeigte deutlich, dass sie anderer Meinung war. «Lohmann trau ich nicht mal so weit, wie ich 'ne Waschmaschine schmeißen kann», sagte sie.

Lohmann, der mit allem makelte, was Geld brachte, hatte Joe und Mascha den Imbissstand verschafft. Das Gelände, auf dem die Bude auf Rädern stand, gehörte ihm ebenfalls. Mascha und Joe zahlten dort Standortmiete, und sie hatten sich bei Lohmann mit 50 000 Mark verschuldet, um den Stand vom Vorgänger ablösen und über das notwendige Anfangskapital verfügen zu können. Sie mussten ja Waren kaufen, die Ausrüstung vervollständigen, gegenüber den Getränkefirmen in Vorleistung gehen. Joe hatte sich allerdings von dem Geld auch ein Motorrad zugelegt; denn er war sich absolut sicher, dass für ihn und Mascha nun ihr ganz persönliches Wirtschaftswunder begonnen hatte.

Die Aufräumungsarbeiten gingen gut voran. Mascha hatte geschickte Hände und konnte kräftig zulangen, und sie waren ein eingespieltes Team. Plötzlich horchte Joe auf. Das Geräusch schwerer Kettenfahrzeuge war zu hören. Joe ging um den Stand herum. In breiter Front kamen drei gewaltige Schaufelbagger über das Gelände, direkt auf den Imbissstand zu.

«Was soll'n das werden, wenn's fertig ist?», fragte Joe. Aber da war niemand, der ihm hätte antworten können.

Auf der Straße fuhr Jürgen mit seinem Abschleppwagen heran. Er war auf dem Weg zur Autobahn und wollte vorher noch bei den beiden frühstücken.

Die Bagger kamen immer näher.

Jürgen sprang vom Bock seines Lasters, ging zum Imbissstand, stellte sich auf die Zehen, um einen Blick ins Innere werfen zu können, und rief: «Ey, habt ihr den Grill noch nicht an? Ich will frühstücken!»

Joe schien ihn gar nicht gehört zu haben. «Der Lohmann hat gesagt, hier wird in fünfzig Jahren nicht gebaut!»

Nun entdeckte auch Jürgen die Baufahrzeuge. «Die fünfzig Jahre sind aber schnell vergangen.»

«Die können uns doch hier nicht abräumen», schrie Mascha. «Wir haben einen Vertrag!»

«Hat der Typ gestern nicht gesagt, der verfällt, wenn ihr nicht bezahlt?», wandte Jürgen ein.

«Scheiße, die sechs Wochen sind schon seit vierzehn Tagen rum!», sagte Mascha plötzlich leise.

Joe wirkte zuerst noch seltsam ruhig. «Das hat der doch gewusst. Lohmann muss doch gewusst haben, dass hier gebaut wird. Diese Sau! Der hat uns da reingeritten.»

Und dann bekam er unvermittelt einen Tobsuchtsanfall. Er

trat gegen eine der Tonnen, sodass sie umfiel. Dann griff er – außer sich vor Zorn – nach einem Sack mit Würsten und fing an, sie einzeln gegen die herannahenden Bagger zu werfen. Stoisch fing einer der Baggerführer so ein Geschoss mit einer Hand auf und biss hinein. Joe wütete gegen den eigenen Imbissstand. Er riss ein Schild um, zog krachend die Rollläden herunter, trat so unbeherrscht gegen einen der Stehtische, dass er umfiel.

«Dieser Verbrecher ... Den häng ich an den Eiern auf. Den bring ich um. Diese Granatensau ...!»

Mascha versuchte ihn zu beruhigen. «Joe! Joe, bitte nicht, hör doch auf!» Aber er wurde immer verrückter, immer wilder und unbändiger.

Jürgen packte ihn am Arm. «*Keep cool*, Mann. Überleg lieber, was man da machen kann.»

Mascha rannte auf den ersten Bagger zu.

Joe fuhr Jürgen an: «Was man da machen kann? Meinst du, gegen einen wie Lohmann kannst du was machen, außer dass du ihm ein Messer zwischen die Rippen rammst?»

Hinter ihnen hielt der erste Bagger an. Mascha kletterte zu dem Baggerführer hinauf. Jürgen und Joe konnten nicht hören, was die beiden miteinander redeten.

Joe schrie seinen Freund an: «Der hat doch genau gewusst, dass wir hier nach acht Wochen wegmüssen, aber er hat mich die ganze Ablöse zahlen lassen: Vierzig Mille! Die Standmiete hat er kassiert, und die Zinsen wollte er auch noch haben. Aber das wär nur auf lange Sicht zu schaffen gewesen! So viel Kohle so schnell, das geht gar nicht! Wir haben doch erst angefangen ... In so'n Laden musst du erst mal 'ne Menge reinstecken. Das sagt dir jeder ...!»

«Mich musst du doch nicht überzeugen», sagte Jürgen lahm.

Joe war jetzt den Tränen nahe. «Irgendwann hätt ich's geschafft!» Sosehr er gerade getobt hatte, so sehr drückte ihn nun der Jammer nieder. Er sank plötzlich auf die Knie, brach förmlich zusammen.

Mascha kam zurück. Sie nahm Joes Kopf in ihre Arme. «Ich hab mit dem Typ ausgemacht, dass sie hier erst mal nichts machen ...»

«Und was soll das bringen?», fragte Jürgen skeptisch.

«Das werden wir ja sehen. Ich geh jetzt zu Lohmann.» Mascha wirkte entschlossen.

«Aber nicht ohne mich!» Joe stand wieder auf.

«Aber klar ohne dich. Du bist doch imstand und knallst ihn ab.»

«Da müsst ich erst 'ne Waffe haben.»

«Wenn's weiter nichts ist ... Die kriegst du von mir!», sagte Jürgen grinsend.

Mascha fuhr ihn an: «Hör auf, hier rumzuspinnen ... Ich fahr mit dem Motorrad, ja?»

Joe machte eine Geste, als ob er sagen wollte: Jetzt ist sowieso alles egal.

Als Mascha weggefahren war, rissen die beiden Männer erst einmal zwei Bierdosen auf.

«Geht auch als Frühstück», sagte Jürgen.

Joe grinste: «Ist ja auch nix, immer nur Austern auf Eis und Kaviar mit neuen Kartöffelchen ...»

Sie tranken beide einen langen Schluck und starrten vor sich hin. Dabei ließen sie sich auch nicht von den Baggerfahrern stören, die inzwischen ausgestiegen waren und diskutierten, was nun zu tun sei.

«Musst du nicht los?», fragte Joe nach einer Weile.

«Sobald 'ne Meldung kommt.»

Nachdem beide noch einen Schluck genommen hatten,

sagte Joe: «Man sollte die Bude dem Lohmann direkt vor sein stinkfeines Büro hinplatzen und sagen, da hast du deine Kackbude zurück.»

«Und warum machen wir das nicht?», fragte Jürgen.

«Ja, genau, warum machen wir das eigentlich nicht ...?»

«Vielleicht, weil Mascha doch noch was bei ihm erreichen könnte.»

«Du glaubst doch nicht an den Weihnachtsmann, oder?»

3 Lohmann residierte in einem modernen Bürohaus aus Glas, Stahl und Marmor an der Lautenschlagerstraße, nicht weit vom Schlossplatz. Mascha stellte das Motorrad auf den Gehweg, nahm den Sturzhelm ab und streifte den Kinnriemen über ihren Unterarm. Sie ging über rötliche Granitplatten auf das Gebäude zu, an dessen Außenfront ein gläserner Aufzug emporglitt. Das Bürohaus spiegelte sich matt in den glänzenden Steinplatten des Vorhofs. Mascha stieß die Tür auf. Sie war nicht das erste Mal hier. Droben im siebten Stock hatten sie den Vertrag unterschrieben.

Im Inneren des Bürohauses gab es einen zweiten Aufzug. Mascha war alleine in der Kabine, sie rekapitulierte in Gedanken noch einmal, was sie Lohmann sagen wollte.

Die Aufzugtür öffnete sich. Mascha trat hinaus und orientierte sich. Ein Mann Mitte dreißig in einem hellen Leinenanzug kam den Korridor herunter. Er sah Mascha an.

«Suchen Sie jemand? Ach, warten Sie mal, Sie sind doch ...»

Auch Mascha erkannte Gerry Adler erst auf den zweiten Blick. Er war Lohmanns Partner. Damals war er sehr freundlich zu ihr und Joe gewesen.

«Wo sitzt der Herr Lohmann?», fragte sie.

«Letzte Tür rechts.»

Mascha ging weiter. Gerry Adler schaute ihr nach und schnalzte mit der Zunge. Mascha hörte es und drehte sich nochmal um. Da rief er ihr zu: «Egal, was er Ihnen verspricht – glauben Sie's nicht!»

Mascha klopfte kurz und ging dann durch die Tür in Lohmanns Vorzimmer. Dort saß Corinna Lohmann an einem Computer, tippte mit atemberaubender Geschwindigkeit auf dem Keyboard und hob nicht einmal den Kopf, als sie sagte: «Ja, bitte?»

«Zu Herrn Lohmann, bitte», sagte Mascha knapp.

Noch immer schaute die Frau an dem Computer nicht auf. «In welcher Angelegenheit?»

«Das werd ich ihm dann schon sagen. Wo geht's rein – da?» Sie zeigte auf die Tür zu Lohmanns Büro und war fast im gleichen Augenblick schon drin.

Corinna sprang auf und wollte ihr nach. «Jetzt Moment mal», rief sie aufgeregt.

Die Tür fiel ins Schloss.

Im gleichen Augenblick betrat Gerry Adler vom Korridor her Lohmanns Vorzimmer. Er lächelte Corinna an. «Jetzt ist er erst mal beschäftigt, oder?»

Dann zog er Corinna ohne Umschweife an sich und küsste sie. Corinna erwiderte den Kuss, schob Gerry dann aber mit den flachen Händen von sich.

«Bist du verrückt? Er kann jeden Moment rauskommen.»

«Weißt du, wer da grade zu ihm rein ist?», fragte Gerry.

«Sie hat sich mir nicht vorgestellt!»

«Mascha Niebur ... Drück ihr eine Pistole in die Hand und sie erschießt ihn!»

15

Er lachte und küsste Corinna erneut, dabei glitt seine Hand unter ihren Rock, und Corinna gab einen zustimmenden gurrenden Laut von sich.

«Los, komm, wir gehen in dein Büro», sagte sie atemlos, «ich stelle das Telefon um.»

Sie drückte die notwendigen Knöpfe. Dann verließen die beiden den Raum.

Jürgen hatte den Imbisswagen auf den Haken seines Abschleppers genommen. Das seltsame Gespann fuhr grade über die Neckarbrücke und auf der B 14 stadteinwärts. Die beiden Freunde saßen im Fahrerhaus und grölten um die Wette: «*Old McDonald had a Farm – hiahiaho . . .*»

Sie waren in einer seltsam überdrehten Stimmung, und obwohl Joe soeben kampflos seinen Standplatz geräumt hatte, fühlte er sich, als ob er's mit der ganzen Welt aufnehmen könnte.

Mascha saß unterdessen auf einem Besucherstuhl in Lohmanns Büro. Der Makler ging auf und ab. Er trug einen taubenblauen Anzug mit Weste, die über seinem feisten Bauch spannte. Feist war alles an ihm, sein Gesicht, in dem die Augen hinter Fettwülsten fast verschwanden, seine dicken, viel zu kleinen Hände, seine kurzen Beine. Lohmann musste um die vierzig sein, seine wenigen Haare hatte er seitlich über den immer kahler werdenden Schädel gekämmt. Kleine Schweißtropfen standen auf seiner Stirn. Selbst bei der kleinsten Erregung begann er zu schwitzen. Eigentlich ging er nicht durch den Raum, er schob seinen Körper mit vorgewölbten Hüften herum.

«Ich verstehe doch Ihr Problem», sagte er. «Vielleicht finden wir ja gemeinsam einen neuen Stellplatz für den Stand. In

Cannstatt können Sie natürlich nicht bleiben. Das ist ja jetzt Baugelände.»

«Aber Sie haben doch gesagt ...» Mascha bemühte sich um einen freundlichen Ton.

Lohmann lächelte feist. «Nun ja, die Dinge entwickeln sich. Wir leben in einer dynamischen Zeit.»

«Und die Schulden ...?»

«Tscha, Vertrag ist Vertrag, meine Liebe ... Sie hätten sich nicht darauf einlassen sollen, wenn Sie damit überfordert sind ...!»

Plötzlich trat er dicht vor sie hin, fasste sie unterm Kinn, hob es hoch. Mascha schüttelte ihn unwillig ab, was ihm aber nur ein überlegenes Lächeln abnötigte. «Wenn's nur nach mir ginge ... Ich bin ja auf das Geld nicht angewiesen. Und mehr als zwei Steaks am Tag kann ich auch nicht essen. Aber ich habe einen Partner. Und der ist knallhart. Um nicht zu sagen: Gnadenlos!»

Er trat ans Fenster und schaute hinaus. Plötzlich hielt er den Atem an. «Das gibt's doch nicht ... Das ist doch Ihr Macker da unten! Und das ist euer Imbissstand!»

Mascha sprang auf und trat neben Lohmann, der nun laut loslachte.

«Alle Achtung! Der traut sich was ... Jetzt sitzen Sie allerdings noch ein bisschen tiefer in der Scheiße, meine Liebe.»

Mascha sagte trostlos: «Ich hab's wenigstens versucht.»

Sie wollte zur Tür.

Lohmann fuhr herum. «Warten Sie doch! Augenblick. Ich könnt Ihnen schon helfen. Ich hab was übrig für so freakige Typen wie Sie und Ihren Freund da unten. Ich helfe Ihnen mit meinem privaten Geld ... Sie müssten mir allerdings auch ein wenig entgegenkommen.»

Er trat dicht zu ihr und legte seine kurzen, dicken Arme um ihre Taille.

«Sie wollen mit mir ficken, stimmt's?»

Lohmanns Atem ging kurz. «Ist 'n Angebot», sagte er heiser und seine Augen traten ein wenig aus ihren Fetthöhlen hervor. «Du kannst natürlich nein sagen. Wir leben ja schließlich in einem freien Land.»

Seine Patschhände wanderten nach oben, packten Mascha an den Schultern, drückten das Mädchen nach hinten gegen die Kante seines Schreibtisches. Jetzt fasste er mit beiden Händen an ihre Bluse und knöpfte sie auf. Dabei versuchte er, sie weiter nach hinten zu drücken.

Mascha war zuerst wie paralysiert, und einen Augenblick mochte es für Lohmann so aussehen, als ließe sie sich auf den Deal ein.

Jürgen hatte seinen Abschlepper mitten auf den Granitvorplatz des edlen Bürogebäudes gesteuert. Jetzt ließ er den Imbissstand langsam ab und platzierte die Futterkiste direkt vor den noblen Eingang des Bürogebäudes, wo der Stand hinpasste wie ein Vogel in ein Aquarium.

Joe rieb sich zufrieden und stolz die Hände. Er fand den *Joke* einfach klasse. Was die Aktion für Folgen haben konnte, interessierte ihn nicht. «So, und jetzt geh ich rauf und mach den Lohmann zur Sau!», rief er seinem Freund zu.

«Die Mascha müsste doch noch bei ihm sein», gab der zurück.

«Umso besser!»

Joe ging auf den Eingang zu. Er hatte dabei einen Gang wie Gary Cooper in «Zwölf Uhr mittags» vor seinem Duell mit Frank Miller.

Jürgen rief ihm noch nach: «Du, ich muss aber los!»
Joe winkte nur, ohne sich nochmal umzusehen.

Mascha hastete wie von Furien gehetzt den Korridor entlang.
Am Ende des Ganges rannte sie die Treppe hinunter. Kaum
war sie verschwunden, da öffnete sich die Aufzugtür und Joe
stieg aus dem Lift. Zielgerichtet marschierte er auf die Tür am
Ende des Korridors zu.

Zur gleichen Zeit fuhr ein Streifenwagen der Polizei vor
dem Bürogebäude vor. Zwei Beamte stiegen aus und umrun-
deten den Imbissstand, der so gar nicht hierher passte.

Mascha kam aus dem Bürogebäude und rannte auf die
Bude zu.

Einer der Polizisten sagte: «Gehören Sie hier dazu?» Dabei
zeigte er auf den Imbissstand.

Mascha antwortete nicht, sie rief: «Joe … Joe?», wollte die
Tür aufmachen, aber die war verschlossen. Mascha rüttelte an
der Klinke. «Joe, bist du da drin?»

Corinna kam in ihr Büro zurück. Sie setzte sich an ihren Platz
und ordnete ihr Kleid nochmal, obwohl sie sich schon in
Gerry Adlers Büro wieder hergerichtet hatte, solange der auf
der Toilette gewesen war.

Plötzlich hörte sie ein Geräusch aus Lohmanns Büro. Die
Tür war nur angelehnt. Corinna stieß sie auf.

Lohmann lag über dem Schreibtisch, in seinem Rücken
steckte eine große Büroschere. Neben dem Schreibtisch stand
Joe. Er versuchte gerade, mit seinem Taschentuch die Schere
abzuwischen.

Corinna rannte auf den Korridor hinaus und lief direkt ihrem Liebhaber in die Arme.

«So sollte man jeden Tag anfangen», sagte Gerry grinsend.

Aber Corinna schnappte nach Luft und stieß unzusammenhängende Wörter hervor. «Er ist … ein Mann mit einer Schere … tot, er ist tot.»

Gerry Adler durchquerte Corinnas Büro und betrat Lohmanns Zimmer. Joe fuhr herum.

Gerry hob beruhigend die Hände. «Ist gut, ist gut – glauben Sie mir, ich kann Sie verstehen!» Er ging um den Schreibtisch herum. «So wie er mit Ihnen umgegangen ist …» Gerry stand jetzt an der rechten Schreibtischschublade und zog sie ganz langsam auf. Auf einem Stapel Papier lag ein Revolver.

Joe stotterte. «Ich … ich weiß nicht, wie das passiert ist …»

Gerry nahm die Waffe heraus, entsicherte sie und richtete sie auf Joe. «Eine falsche Bewegung, und ich knall Sie ab!»

4 Bienzle hatte sich einen Helm aus Zeitungspapier aufgesetzt. Er stand hoch oben auf einer Bockleiter, tauchte die Rolle in die Farbe und zog an der Decke des Wohnzimmers seine erste Bahn, als sein Handy klingelte, das auf dem Tapeziertisch lag.

«Ich hätt's ausschalten sollen», rief er. «Kannst du grade mal rangehen?»

Hannelore kam aus der Küche, sie trug einen weißen Kittel und hatte ihre Haare in ein buntes Kopftuch gebunden. Sie nahm das Telefon vom Tisch und warf es Bienzle zu. Beim Versuch, es aufzufangen, verlor Bienzle beinahe das Gleichgewicht.

«Ja?», bellte er in den Apparat. «Wo ist das? – Ist doch prima, wenn der Täter noch direkt neben der Leiche gestanden hat.» Dann seufzte er. «Also gut, ich komm.» Er schaltete das Handy aus und stieg von der Bockleiter.

«Ich hätt's mir denken können», sagte Hannelore.

«Ja no, Urlaub hab ich erst ab morgen», sagte Bienzle. «Vielleicht hätten wir doch erst nach dem kleinen Wanderurlaub anfangen sollen.»

«Aus dem Wanderurlaub wird dann ja wahrscheinlich auch nichts.» Hannelore stieg missmutig die Leiter hinauf, um Bienzles Arbeit fortzusetzen.

«Natürlich wird da was draus. Das lass ich mir nicht nehmen.»

Hannelore sagte: «Bienzle, ich glaub dir kein Wort.»

Die Leiche Lohmanns lag noch immer auf dem Schreibtisch. Die Spurensicherung hatte gerade ihre Arbeit begonnen. Unter der Tür erschien Bienzle. Gächter war schon da. Joe stand mit Handschellen gefesselt in der Ecke.

Corinna Lohmann berichtete unter Tränen: «Er muss eine Minute vorher zugestochen haben. Und dann hat er mit dem Taschentuch die Schere abgewischt ...»

Bienzle riss, ohne sich mit einem Gruß aufzuhalten, die Vernehmung an sich. «Wer sind Sie, die Sekretärin?»

«Ich bin seine Frau, und ich mache hier das Sekretariat, ja.»

Gächter sagte mit einem spöttischen Lächeln: «Und das ist der leitende Hauptkommissar Ernst Bienzle.»

Joe meldete sich: «Ich war's nicht! Wie ich reingekommen bin, lag er schon so da.»

«Ich war bei Herrn Adler drüben», sagte Corinna schniefend. «Wir haben ein Projekt besprochen.»

Bienzle warf Corinna einen misstrauischen Blick zu. Danach hatte er sie gar nicht gefragt. «So, so», sagte er nur grimmig.

Joe rief wieder: «Ich war's nicht, das müssen Sie mir glauben!»

«Haben Sie schon einen Anwalt?», fragte Bienzle den jungen Mann.

«Ich hab den Bossi angerufen, aber den würde der Fall nur interessieren, wenn ich wirklich der Mörder wäre.»

Bienzle warf dem Jungen einen Blick zu. Entweder war er absolut cool, oder er war es tatsächlich nicht gewesen. «Wir reden dann im Präsidium weiter», sagte der Kommissar und wandte sich dann zu den uniformierten Beamten: «Bringt ihn weg!»

Vor dem Bürohaus hängten zwei Männer in blauen Arbeitsanzügen den Imbisswagen an ein Abschleppfahrzeug der Polizei. Joe wurde von zwei uniformierten Beamten zu einem vergitterten grün-weißen Kastenwagen geführt. Der Regen hatte aufgehört. Bienzle trat aus dem Gebäude und blinzelte in die unnatürlich weiße Sonne.

Plötzlich war Mascha da und hängte sich an Joes Arm. «Was ist los, Joe, was machen die mit dir ...? Was ist passiert?»

Joe stieß hervor: «Den Lohmann hat einer abgestochen ... Und jetzt soll ich's gewesen sein.»

«Abgestochen? Wie meinst du das, abgestochen ...?»

Einer der Polizisten fasste Mascha an den Schultern. «Weg da! Verschwinden Sie!»

«Wir kriegen das hin, Joe – irgendwie kriegen wir das hin ... ganz bestimmt!» Sie schlang ihre Arme um seinen Hals und küsste ihn.

Der Beamte wollte sie wegreißen. Blitzschnell fuhr Mascha herum und biss ihn in die Hand. Der Polizist schrie auf und zog den Schlagstock vom Gürtel.

Bienzle ging dazwischen: «Lassen Sie das!»

«Schauen Sie sich das an», sagte der Beamte und hob seine Hand, um Bienzle die Bisswunde zu zeigen.

«Sie werden's überleben», knurrte der Kommissar und schaute Mascha dabei an. «Sie sind seine Freundin?»

«Ihr könnt ihn nicht einsperren! Er war's nicht», sagte sie.

«Wenn er's nicht war, wer dann? Wissen Sie's?»

Mascha biss sich auf die Unterlippe und schüttelte den Kopf.

Eine halbe Stunde später saß Bienzle Joe gegenüber. Gächter lehnte am Fensterbrett und drehte Zigaretten auf Vorrat. Der Junge hatte bereitwillig erzählt, wie er und Lohmann seinerzeit zusammengekommen waren. Der Makler hatte inseriert, Mascha hatte es gelesen, und Joe hatte sich bei ihm gemeldet.

«Vierzig Mille für die Ablöse und zehn als Investitionshilfe. Ich hab halt noch nicht so viel verdient, dass es für die Standmiete und die Zinsen gereicht hätte. Leben will man ja auch.»

«Wie viel war das denn? Standmiete und Zinsen?», fragte Gächter.

«Vieracht im Monat.»

«Der hat's aber auch von den Lebendigen genommen, mein lieber Scholli», kommentierte Bienzle. «Haben Sie sich denn nicht beraten lassen?»

«Klar. Unternehmensberatung McKinsey. Die Studie ist in Arbeit.» Joe grinste.

Bienzle musste unwillkürlich lächeln. «Nach allem, was Sie erzählen, kann ich ja verstehen, dass Sie einen Riesenzores auf Lohmann gehabt haben.»

Joe maß den Kommissar aus schmalen Augen. «Ach ja, Sie können das verstehen? Sie haben einen *sense* für uns junge Leute, was?»

«Na ja, er hat Sie abgezockt, da wär ich auch sauer.»

Unvermittelt schrie Joe los: «Ihr Verständnis geht mir doch am Arsch vorbei, Mann! Wenn sich mal einer von euch um unsereinen kümmert, dann nur, damit er sich selber an seinen guten Absichten berauschen kann!»

Gächter stieß sich vom Fensterbrett ab, aber Bienzle machte eine beschwichtigende Geste in seine Richtung. «Ist das auf Ihrem Mist gewachsen, oder haben Sie das irgendwo gelesen?», fragte er eher amüsiert.

«Dass Sie mir nix zutrauen, passt dazu», blaffte Joe.

«Nu halt mal den Ball flach, Junge, ja?», ließ sich Gächter hören.

Aber Bienzle sagte: «Er hat doch Recht.»

Joe äffte den Kommissar nach: «Er hat doch Recht, er hat doch Recht, aber krieg ich auch Recht?»

Gächter hob eine schmale Akte vom Tisch hoch. «Sie sind immerhin vorbestraft.»

«Da! Einmal ein Verbrecher, immer ein Verbrecher ... In dem Lohmann seinem Büro können hundert Leute gewesen sein, bevor ich gekommen bin und die Sau tot auf dem Schreibtisch gefunden hab. Warum muss es dann ausgerechnet ich gewesen sein?»

Bienzle sagte geduldig: «Weil Sie ein Motiv hatten und weil Sie mit der Mordwaffe angetroffen wurden.»

«Es könnte allerdings auch Ihre Freundin gewesen sein», sagte Gächter, «die war kurz vor Ihnen da.»

Joe sprang völlig unvermittelt auf und stürzte sich auf Gächter. «Lass Mascha da raus, du Scheißbulle!»

Gächter schlug sofort zu, sodass Joe wieder auf seinen Stuhl zurücktorkelte.

Bienzle sagte versöhnlich: «Des wär jetzt net nötig gewesen, Herr Keller. Sie haben ja Recht: Es kann auch jemand ganz anderer gewesen sein.»

«Am Ende werdet ihr's doch mir anhängen», sagte Joe Keller dumpf.

Gegen sechs Uhr am Abend verließen Gächter und Bienzle gemeinsam das Präsidium.

«Und jetzt?», fragte Gächter. «Nochmal zu Frau Lohmann und seinem Partner?»

«Kannst du machen ... Ich fahr heim», sagte Bienzle. «Überhaupt wird das ja dein Fall. Ich fahr morgen in den Schwäbischen Wald. Ich hab bekanntlich Urlaub!»

Gächter seufzte: «Und ich krieg nachher Besuch.»

Bienzle sah den Kollegen fragend an.

«Mein kleiner Neffe kommt, der Patrick, meine Schwester fährt mit ihrem Mann für vier Wochen nach Nepal, Trekking im Himalaja.»

«Des ischt au dr nächschte Weg», sagte Bienzle, stieg in sein Auto und fuhr davon.

Gächter hatte noch ein paar Schritte bis zu seinem Wagen. Plötzlich stand wie aus dem Boden gewachsen Mascha Niebur vor ihm. Sie sagte unvermittelt: «Sie müssen ihn freilassen. Er war's nicht!»

«Ihr Freund ist hinreichend verdächtig», sagte Gächter sachlich. «Morgen wird er dem Haftrichter vorgeführt, und wenn unsere Indizien reichen, bleibt er drin bis zu seinem Prozess. Im Übrigen, kein Polizist kann einen Verdächtigen einfach so laufen lassen.» Er wandte sich ab und schloss sein Auto auf.

Aber so einfach ließ sich Mascha nicht abspeisen. «Er hält es im Gefängnis nicht aus – grade weil er's nicht war.» Und nach einer kurzen Pause setzte sie leise hinzu: «Und ich halte es ohne ihn auch nicht aus.»

Gächter sah ihr in die Augen. «Ich kann's nicht ändern.»

«Er hat keine Chance, was?»

«Wenn er's war, bestimmt nicht.»

«Und wenn er's nicht war?»

Gächter hatte die ganze Zeit kein Auge von ihr gelassen, und Mascha hatte seinem Blick standgehalten. Jetzt sagte der Kommissar: «Sie sind doch kurz vorher auch bei Lohmann gewesen.»

Zum ersten Mal senkte Mascha den Blick. Sie nickte. «Ja, aber als ich weggegangen bin, hat er noch gelebt.»

Gächter stieg in sein Auto.

Mascha ging zu ihrem Motorrad. Als der Kommissar losfuhr, folgte sie ihm.

5 Corinna Lohmann und Gerry Adler waren noch im Büro. Der Tresor in der Wand stand offen. Corinna hatte eine Akte aufgeschlagen.

«Schau dir das an. Die Geschäfte hat er alle an uns vorbei gemacht.»

Gerry schien nicht besonders verwundert zu sein. «Ich hab schon immer gewusst, was dein Alter für ein Linkmichel war!» Er ging zu Corinna hinüber, stellte sich hinter sie und versenkte beide Hände tief in ihren Ausschnitt, während er fortfuhr: «Aber jetzt hast du ja nur noch mich.»

Sie beugte ihren Kopf weit nach hinten und bot ihm ihren Mund zum Kuss.

Draußen fiel eine Tür ins Schloss. Aus dem Vorzimmer ertönte Gächters Stimme: «Ist jemand da?»

Gerry wollte sich von Corinna lösen, schaffte es aber nicht ganz, ehe Gächter hereinkam.

Der Kommissar lächelte. «Tut mir Leid, wenn ich gestört habe, aber draußen war offen.» Er fixierte Corinna Lohmann. «Sie arbeiten?»

«Nur das Allernötigste», sagte sie rasch. «Er hat so viel für sich behalten. Und es muss ja doch weitergehen.»

Gächter ging nicht darauf ein. Er zog einen Notizblock aus der Tasche und blätterte darin. «Kurz vor zehn Uhr kam Mascha Niebur zu Herrn Lohmann. Sie beide sind dann in Herrn Adlers Büro gegangen und haben dort gearbeitet. Das Telefon haben Sie auf Herrn Adlers Apparat umgestellt ... Stimmt das alles so?»

Corinna reagierte gereizt. «Ja, das haben wir doch schon mindestens fünfmal gesagt!»

«Sie haben wirklich gearbeitet?»

«Ja natürlich, was denn sonst?», sagte Adler.

«Ich hatte vorhin das Gefühl, da würde Ihnen schon was anderes einfallen», sagte Gächter mit einem aasigen Lächeln. Bevor Adler noch etwas entgegnen konnte, fuhr ihn der Kommissar barsch an: «Sie sind gegen zehn Uhr auf dem Korridor gesehen worden. Kurz *nach* zehn Uhr wurde Ihr Kompagnon ermordet!»

Das war zwar ein Schuss ins Blaue, aber er traf ins Schwarze.

«Von wem bin ich gesehen worden?», wollte Gerry Adler wissen.

«Spielt jetzt keine Rolle», gab Gächter gelassen zurück. «Unsere Kollegen haben in allen Büros gefragt. Und da sind doch ein paar ganz interessante Dinge zutage gekommen ... Um Viertel nach zehn ist Joe Keller hier in diesem Büro erschienen. Er sagt, da sei Herr Lohmann schon tot gewesen.»

«Muss er ja sagen.» Gerry Adler hatte sich wieder gefangen.

27

«Also, Sie waren auf dem Korridor . . .»

«Ich musste mal pinkeln gehen. Ist das strafbar?»

Gächter ging nicht darauf ein. «Sie waren gleichberechtigte Geschäftspartner, stimmt doch, oder?»

«Stimmt. Fünfzig-fünfzig. Bis zu einem Betrag von 50 000 Mark konnte allerdings jeder alleine entscheiden. Alles andere mussten wir gemeinsam beschließen.»

«Da hat's natürlich manchmal Streit gegeben.»

«Nie!», sagte Adler.

«Ein Herz und eine Seele?», fragte Gächter, Sarkasmus in der Stimme.

«So könnte man sagen.»

Der Kommissar wandte sich wieder Corinna Lohmann zu: «Existiert eigentlich eine Lebensversicherung?»

«Da hab ich mich noch nicht drum gekümmert», antwortete sie knapp.

«Es gibt zwei», sagte Gerry Adler.

Gächter starrte ihn nur fragend an.

«Eine zugunsten seiner Ehefrau und eine auf Gegenseitigkeit zwischen ihm und mir. So einen Laden muss man doch absichern.»

«Wie hoch?», fragte Gächter.

«500 000. Er hätte sie bei meinem Ableben bekommen. Jetzt kriege ich sie.»

«Wie schön für Sie!»

«Ein Motiv, nicht wahr? Das meinen Sie doch.»

Gächter nickte nachdrücklich: «Und Ihr Alibi, das Sie beide sich gegenseitig geben, zerreißt ein guter Staatsanwalt in weniger als fünf Minuten in der Luft.»

Corinna schnappte: «Wollen Sie etwa im Ernst unterstellen, Herr Adler und ich . . .»

«Echauffieren Sie sich nicht, Gnädigste», sagte Gächter und

steckte sich eine seiner selbst gedrehten Zigaretten in den Mundwinkel. «Wir bemühen uns, alles zu beweisen.»

Damit verließ er die beiden.

6 Als Gächter vor dem Bürogebäude in sein Auto stieg, startete Mascha das Motorrad, auf dem sie, ein Bein weit ausgestellt, versteckt zwischen zwei Autos saß. Die Dämmerung hatte schon begonnen. Gächter fuhr mit Licht. Mascha schaltete den Scheinwerfer noch nicht ein.

Eine Viertelstunde später eilte Gächter durch die Bahnhofshalle. Die junge Frau blieb ihm auch hier auf den Fersen. Wenn man sie gefragt hätte, warum sie dem Polizeibeamten folgte, hätte sie zu diesem Zeitpunkt noch keine Antwort gewusst.

Patrick war elf Jahre alt und stolz darauf, dass er die Bahnreise von Wuppertal bis Stuttgart ganz alleine bewältigt hatte. Im Zug hatte ein älterer Mann mit ihm Mau-Mau gespielt, später hatte er die Schaffnerin auf ihrer Tour durch die Waggons begleiten dürfen, und gegen Ende der Reise trug er sogar die Mütze des Zugführers und durfte die Fahrkarten kontrollieren. Patrick war ein aufgeweckter, freundlicher Junge. In seinem Fall hatte es sich bewährt, dass die Eltern wenig an ihm herumerzogen hatten und ihn von allem Anfang an sehr selbständig aufwachsen ließen. Der Junge hatte strubbelige blonde Haare und große blaue Augen, die staunend alles Neue aufzunehmen schienen. Er trug Jeans, Turnschuhe und einen Anorak. Seine Habseligkeiten hatte er in einem Rucksack.

Gächter schloss seinen Neffen in die Arme. Und weil er zu

Hause nichts zu essen hatte, gingen sie in die Bahnhofswirt-
schaft. Mascha glaubte, Vater und Sohn zu beobachten, so
vertraut erschienen die beiden miteinander.

Als Gächter eine gute Stunde später mit dem Jungen in seiner Wohnung an der Gänsheide verschwand und Mascha den
Namen des Kommissars an der Klingelleiste gelesen hatte –
offenbar wohnte er im vierten Stock –, fuhr sie mit ernstem
und entschlossenem Gesicht davon.

Bienzle sah aus, als ob er weiße Masern hätte. Den ganzen
Abend hatte er auf der Bockleiter gestanden und die Decken
des Schlafzimmers und seines künftigen Arbeitszimmers ge-
weißt. Hannelore war zuvor schon mit dem Wohnzimmer
fertig geworden. Nun stieg Bienzle ächzend von der Leiter. Er
spürte sein Kreuz nicht mehr, und eine bleierne Müdigkeit
saß in seinen Knochen. Aber er genoss es, wie er auch die
Müdigkeit nach einer langen Wanderung über die Schwäbische Alb genoss, obwohl er danach die Beine einzeln mit den
Händen ins Auto heben musste.

Hannelore kam mit einem Tablett herein und stellte es auf
dem Tapeziertisch ab. Ripple mit Kartoffelsalat, Senf und sau-
ren Gurken. Dazu zwei Flaschen Bier. Sie zogen sich zwei
Hocker heran und stöhnten unisono, als sie sich darauf sinken
ließen.

Hannelore sagte: «Sollen wir die nächsten Tage nicht doch
lieber hier bleiben und weitermachen?»

Bienzle schüttelte den Kopf. «Bis zum Einzug sind's noch
sechs Wochen, da können wir uns doch zwischendurch so
eine kleine Wandertour genehmigen.»

Hannelore machte ein bedenkliches Gesicht. Wenn sie etwas zu bewältigen hatte, nahm sie es immer sofort in Angriff
und ließ nicht locker, bis sie es geschafft hatte. Hinterher

konnte man sich's dann immer noch gut gehen lassen. Nur dass sie meistens hinterher gleich wieder eine neue wichtige Aufgabe hatte.

Aber diesmal ließ Bienzle nicht mit sich reden. «Wir fahren morgen. So war's ausg'macht!»

Mascha kam tief in Gedanken nach Hause. Jürgen saß alleine in der Gemeinschaftsküche der WG.

«Was Neues?», fragte er, als Mascha die Kühlschranktür öffnete, eine Flasche Milch herausnahm und gleich an den Mund setzte, um daraus zu trinken.

Sie schüttelte nur den Kopf und fragte: «Wo sind die anderen?»

«Bei dem Holly-Konzert auf dem Killesberg. Die Nina jobbt da und kann die andern alle reinschleusen ... Für lau!»

«Und du?»

Jürgen feixte. «Ich hab gedacht, dass ich hier gebraucht werde ...» Und lauernd setzte er hinzu: «Damit du nicht so alleine bist.»

«So'n Quatsch», sagte Mascha und ging aus dem Zimmer.

Nach ein paar Sekunden stand Jürgen auf und folgte ihr. Als er die Tür zu ihrem Zimmer aufstieß, hatte sich Mascha auf die Matratze am Boden geworfen und ihr Gesicht in den Armen vergraben. Jürgen blieb an den Türbalken gelehnt stehen und sagte: «Also ehrlich, das hätt ich dem Joe nicht zugetraut, dass er den Lohmann alle macht!»

Mascha hob den Kopf. «Er war's auch nicht ... bestimmt nicht!»

«Aber jetzt wird er erst mal 'ne Weile fehlen, was?» Jürgen kniete sich dicht neben Mascha auf die Matratze, fasste ihr in den Nacken und kraulte sie am Haaransatz.

Sie wischte seine Hand weg. «Lass das! Spinnst du?»

«Ich hab bloß nie was mit dir gemacht, weil Joe 'n Freund ist. Aber jetzt ...» Er fasste erneut in Maschas Nacken, nun aber sehr viel fester, und zog das widerstrebende Mädchen an sich.

«Jürgen, hör auf!», schrie sie wütend.

«Jetzt komm – du willst das doch auch ... Du brauchst das doch ... Und auf den Joe kannst du garantiert nicht warten ... Der kriegt lebenslänglich, und das heißt wenigstens zwölf Jahre!»

Jürgen versuchte sie zu küssen und fasste nach ihren Brüsten. Mascha schnellte hoch. Sie hatte plötzlich ein Messer in der Hand, das unter dem Kopfende der Matratze gelegen haben musste. Auch sie kniete jetzt. Ihre Augen funkelten. Jürgen starrte sie ungläubig an.

Mascha fuhr ihn an: «Jetzt hör mal zu, du ... Ich liebe Joe ... ich lieb ihn mehr, als du dir das überhaupt vorstellen kannst. Ich würde Joe nie betrügen. Nicht mit dir und auch sonst mit keinem. Für Joe würd ich alles tun. Verstehst du? Alles. Für Joe stech ich dich auch ab ...! Und jetzt raus hier. Raus! Raus! Raus!»

Tatsächlich machte sie ein paar gefährliche Bewegungen mit dem Messer in Richtung auf Jürgens Brust. Der sprang auf und rannte hinaus. Sie hörte ihn die Treppe hinunterpoltern, dann fiel die Haustür ins Schloss. Mascha warf sich auf die Matratze und fing hemmungslos an zu weinen.

Gächter brachte Patrick zu Bett. Der Junge bestand darauf, dass sein Onkel Günter ihm eine Gutenachtgeschichte erzählte – eine Kriminalgeschichte natürlich; denn für ihn war der Onkel ein Held, der die bösen Verbrecher reihenweise und stets im Alleingang zur Strecke brachte. Gächter hatte gegen diese Legende nie etwas gesagt. Im Gegenteil: Seine Geschichten untermauerten Patricks hohe Meinung von seinem

Onkel Kriminalkommissar. Mit glühenden Backen und großen Augen hörte der Junge auch jetzt wieder zu, als Gächter ihm erzählte, wie er erst vor zwei Jahren eine internationale Geldwäscherbande dingfest gemacht hatte. Ganz allein ... na gut, sein Kollege Bienzle war ihm ein bisschen zur Hand gegangen, aber im Grunde war es wieder einmal ein grandioses Ein-Mann-Unternehmen gewesen. Patricks Vorstellung freilich, dass er mit Onkel Günter in den nächsten Tagen und Wochen gemeinsam auf Verbrecherjagd gehen könne, würde sich wohl nicht erfüllen. Kerstin, Gächters derzeitige Freundin, war bereit, sich um den Jungen zu kümmern, wenn Gächter keine Zeit hatte. Ein bisschen enttäuscht war Patrick schon, aber er war andererseits ja auch einsichtig. Und so schlief er am Ende doch einigermaßen zufrieden ein.

Mascha hatte sich gefangen. Sie war jetzt auf dem Weg durch die Räume der Wohngemeinschaft, durchsuchte Schubladen und Schränke, hob umgestülpte Töpfe hoch und durchwühlte die Betten. Sie kam in Jürgens Zimmer. An den Wänden hingen Plakate mit Trucks, Bilder von Wüsten-Rallyes, das große Foto eines Formel-1-Boliden. Ein anderes großes Foto zeigte Jürgen und Joe, wie sie breit grinsend vor einem besonders exotischen LKW standen. Auch Jürgens Zimmer durchforschte Mascha systematisch. Endlich fand sie, was sie suchte: die Waffe, von der Jürgen am Morgen gesprochen hatte. Es war ein ziemlich schwerer Revolver. Mit der Waffe in der Hand ging sie hinaus, kehrte aber gleich wieder zurück, begann erneut zu suchen und fand die Patronen für den Revolver in einem Schuh, der noch in einem Karton verpackt war. Schließlich nahm sie aus einer Schublade einen Autoschlüssel, Jürgens Ersatzschlüssel, und ging aus dem Raum.

Hannelore und Bienzle verabschiedeten sich vor dem Haus in der Ludwigstraße. Noch hatte jeder seine eigene Wohnung, und eigentlich waren in diesem Augenblick beide ganz froh darüber. Dabei hatten sie exakt die gleichen Wünsche: nach Hause kommen, heiß baden, noch ein Glas Wein trinken, danach sofort ins Bett und alle viere von sich strecken. Auf keinen Fall aber noch darauf achten müssen, wie man auf den anderen wirkte.

7 Zwei Menschen taten in dieser Nacht kein Auge zu: Mascha Niebur und Joe Keller. Joe saß auf der Pritsche seiner Zelle im Untersuchungsgefängnis. Er hatte die Beine eng angezogen und die Arme um sie geschlungen. Unverwandt sah er zu dem vergitterten Fenster hinauf, durch das ein diffuses Licht hereinfiel, das irgendwelche weit entfernten Straßenlampen spendeten. Was, wenn sie ihn hier einsperrten und nie wieder hinausließen? Er war 22 Jahre alt. Gefängnisse kannte er von innen, aber er war nie länger als ein paar Wochen drin gewesen. Doch auch an diese kurzen Zeiten erinnerte er sich mit Grauen. Zwölf Jahre, das war das Geringste, was man für einen Mord absitzen musste. Zwölf Jahre! Dann war er 34. Die Verzweiflung würgte ihn. Seine Jugend würde zwischen diesen Mauern förmlich verdampfen. Er würde das nicht aushalten, eher wollte er Schluss machen.

Mascha ging auf Strümpfen durch die WG. Alle schliefen noch fest. Auch aus Jürgens Raum hörte man ein gleichmäßiges Schnarchen. Mascha verließ die Wohnung und stieg leise die Treppe hinunter. Ein paar Monate noch, dann würden sie den alten Schuppen wohl abreißen. Er gehörte Lohmann, jetzt wahrscheinlich Gerry Adler. Die beiden waren damit einverstanden gewesen, dass Joe und seine Truppe hier einzogen. Umso schneller war der Kasten heruntergewohnt. An Renovierung war ohnehin kaum zu denken. Schade, dass man den Arschlöchern nur in die Hände arbeiten würde, wenn man den Kasten anzündete, dachte Mascha.

Auf dem Hof zog sie ihre Schuhe an, die sie bis hierher in den Händen getragen hatte, und sah nochmal an der Fassade hinauf. Mit etwas Fantasie konnte man sich ausmalen, dass das einmal ein schönes Haus gewesen war, irgendwann vor dem Krieg oder vor den Kriegen – Mascha kannte sich da nicht so aus. Sie zog Jürgens Ersatzautoschlüssel aus der Tasche und schloss den aufgemotzten Mazda auf, der im Hof neben dem Abschleppwagen geparkt war.

Als sie losfuhr, schob sie eine Kassette in den Rekorder. *«Born to be wild»*. Dieser abgefuckte alte Song passte zu Jürgen.

Patrick kam aus dem Haus, in dem Günter Gächter wohnte. Der Junge schlenkerte eine leere Leinentasche in der rechten Hand und sprach laut vor sich hin: «Drei Brezeln, drei Brötchen und eine große Schneckennudel!» Er machte ein paar Wechselschritte, ging dann ein Stück mit dem Fuß auf dem Bordstein und mit dem andern im Rinnstein und skandierte erneut: «Drei Brezeln, drei Brötchen und eine große Schneckennudel.»

Plötzlich stoppte ein Auto neben ihm. Mascha sprang heraus und packte ihn.

«Ey, was ist denn los?», schrie Patrick.

Mascha fuhr ihn an: «Still, und mach jetzt bloß keinen Scheiß!»

Sie hielt ihm Jürgens Waffe an den Kopf und zerrte ihn zu

35

dem Mazda. Weit und breit war außer den beiden niemand zu sehen. Mascha stieß Patrick auf den Rücksitz des Wagens, drückte den Knopf runter und schlug die Tür zu. Patrick wollte den Knopf wieder hochziehen, aber da war Mascha schon im Wagen und haute ihm den Lauf des Revolvers auf die Finger. Patrick schrie vor Schmerzen auf.

«Ich hab dir gesagt, du sollst keinen Scheiß machen», herrschte Mascha ihn an.

Beim Versuch, den Motor zu starten, starb er ihr zweimal ab. Patrick presste die Lippen aufeinander. Das musste mit Onkel Günter zu tun haben. Und er war sich ganz sicher, dass diese Frau keine Chance gegen ihn hatte. Endlich sprang der Motor an und Mascha fuhr mit quietschenden Reifen los.

«Und? Wo ist dein Neffe?» Kerstin wirbelte herein, küsste Günter Gächter auf den Mund und stellte eine Tasche auf die Anrichte in der Küche. «Ich hab Brezeln, Brötchen und Schneckennudeln gekauft.»

Gächter schaute auf die Uhr. «Er müsste längst wieder da sein. Ich hab ihn nur schnell zum Bäcker geschickt.»

«Zum Bäcker Lang unten an der Ecke? Da war ich grade, aber ich hab keinen Jungen gesehen.»

Gächter spürte plötzlich eine seltsame Leere im Kopf. Unvermittelt brach ihm der Schweiß aus. «Und auf der Straße?»

«Keine Menschenseele.»

Gächter schnappte sich seine Jacke und rannte aus der Wohnung.

Ein paar Minuten später stürmte Gächter in die Bäckerei. «Entschuldigen Sie bitte», rief er schon von der Schwelle her, aber eine stämmige Schwäbin fuhr ihm gleich in die Parade:

«Nix da. Mir wartet au scho lang gnueg!»

«Ich will ja nur schnell fragen, ob ein kleiner Junge da war ... Er sollte drei Brezeln, drei Brötchen und eine Schneckennudel kaufen.»

Die Bäckersfrau wandte sich jetzt erst um. «Ach, Sie sind's, Herr Gächter. Noi, a Bub ist in der letzten halben Stund net da gwesen.»

«Sind Sie ganz sicher?», fragte Gächter, obwohl er schon wusste, dass sich an dem, was die Bäckersfrau gesagt hatte, nichts ändern würde.

Eine Kundin meldete sich: «I stand ja au scho bald a halbe Stund da, und ich hab au koi Kind gseha!»

«Hano, also a halbe Stund ist aber stark übertrieben», protestierte die Bäckersfrau ärgerlich.

«Danke!», rief Gächter in den Raum und rannte wieder hinaus.

«So a gschuckter Kerle!», sagte eine der wartenden Frauen.

Bienzle hob Hannelores Koffer in den Wagen. Wie immer war er auf die Minute genau pünktlich gewesen, und wie immer hatte Hannelore gejammert, dass er schon so früh kam. Aber sie hatte sich dann doch sehr beeilt.

Der Himmel hatte sich am Morgen aufgeklärt. Nur noch vereinzelte weiße Wolkenfetzen segelten Richtung Osten. Die Sonne wärmte zwar nicht mehr sehr, immerhin hatten sie schon Ende September, aber es versprach ein schöner Tag zu werden.

Als sie losfuhren, begann Bienzle zu singen: «Bunt sind schon die Wälder, gelb die Stoppelfelder, und der Herbst beginnt.»

Und Hannelore fiel ein: «Bunte Blätter fallen, graue Nebel wallen, kühler weht der Wind.»

Es war Bienzles Lieblingslied, und er behauptete stur, Mozart habe es für den zweiten Satz, Romanze, seines C-Dur-Klavierkonzertes verwendet. Eine Beobachtung, auf die vor ihm keiner gekommen war, nicht einmal ein Musikwissenschaftler.

Hannelore schaute zu ihm hinüber. Wenn man ihn so dabei ansah, wie er sich seines Lebens freuen konnte, verblassten all die Erinnerungen an seine raubauzige Art, die er sonst oft zeigte.

Just zur gleichen Zeit hastete Günter Gächter in zunehmender Panik durch die Straßen und Gassen und in die Hofeingänge seines Viertels. Immer lauter rief er nach Patrick. Aber der Junge antwortete nicht.

Als Gächter die vier Treppen zu seiner Wohnung hinaufstieg, hoffte er noch, der Bub könnte inzwischen zurückgekommen sein und schon mal gemütlich mit Kerstin sein Frühstück begonnen haben. Er stürmte in die Wohnung. Von der Küche her hörte er Kerstins Stimme:

«Da seid ihr ja endlich ...»

Gächter erschien unter der Küchentür. «Er ist weg!»

Kerstin drehte sich um. «Wie weg ...?»

Gächter hob verzweifelt die Arme und ließ sie wieder fallen. «Weg. Spurlos verschwunden!»

«Das kann doch nicht sein ...»

«Was soll das heißen: Das kann nicht sein?», blaffte Gächter zurück. «Er war nicht beim Bäcker, niemand hat ihn auf der Straße gesehen, ich hab alles abgesucht. Keine Spur von Patrick.»

«Wahrscheinlich ist er in die falsche Richtung gegangen,

38

und jetzt hat er sich irgendwie verlaufen», sagte Kerstin und schlüpfte in ihren Mantel. «Los, wir ziehen nochmal los. Wir finden ihn schon.»

Auch Gächter klammerte sich an diese Hoffnung.

8 Der Mazda bog von einer schmalen, mit Schlaglöchern übersäten Asphaltstraße in eine Hofeinfahrt zu einem ehemaligen Fabrikgelände, das schon vor Jahren aufgegeben worden war. Die Fenster waren alle zerbrochen, die eisernen Fensterkreuze zum Teil herausgerissen oder verbogen. Ein Backsteinkamin bröckelte vor sich hin. Das bunte Laub war von den böigen Herbstwinden der letzten Tage gegen die brüchigen Backsteinmauern getrieben worden und hatte sich an den Kanten zu kleinen Wällen aufgehäuft.

Mascha fuhr durch eine Lücke in der Mauer in eines der finsteren Gebäude hinein und stoppte den Wagen direkt vor einer freistehenden Kammer, die eine intakte Eisentür besaß. Dahinter war einmal die Heizungsanlage für den gesamten Komplex gewesen. Mascha stieg aus und öffnete die hintere linke Tür.

«Los, raus jetzt!» Sie zerrte Patrick aus dem Auto.

Der schrie plötzlich los: «Nein, ich will nicht . . . ich will nicht . . . Lass mich los . . .!»

Mascha fühlte sich nicht wohl in ihrer Haut, sie beugte sich zu Patrick hinab und redete beschwörend auf ihn ein: «Es dauert nicht lang . . . Das wirst du schon aushalten.»

Sie schob ihn durch die Eisentür, warf sie hinter ihm zu und schob den rostigen Riegel vor. Von drinnen hörte sie die verzweifelten Schreie des kleinen Jungen.

Die Suche hatte nichts gebracht. Kerstin und Gächter betraten niedergeschlagen die Wohnung. Im gleichen Augenblick meldete sich das Telefon. Gächter hob ab.

Ohne sich zu melden, stieß Mascha hervor: «Ich hab das Kind!» Ihre Stimme klang unnatürlich überdreht.

Gächter zwang sich zur Ruhe. «Jetzt mal langsam. Wer sind Sie?»

Mascha sagte: «Ihr Kind überlebt nur, wenn Joe freikommt!»

«Es ist nicht mein Kind», sagte der Kommissar, aber da hatte Mascha schon aufgelegt.

Gächter versuchte sofort, Bienzle zu erreichen, aber am anderen Ende der Leitung erzählte nur dessen Stimme in gemütlichem Ton, dass er einige Tage lang nicht erreichbar sei. Das Handy hatte er abgeschaltet.

Gächter sprach ihm eine Nachricht auf die Mailbox. Danach rief er den Polizeipräsidenten an.

Der Schwäbische Wald zwischen Murrhardt, Mainhardt und Welzheim war noch immer ein Geheimtipp. Die meisten Städter fuhren zur Erholung auf die Schwäbische Alb, in den Schwarzwald oder zum Bodensee. Der Schwäbische Wald lag näher und hatte sowohl Elemente der Alb als auch des Schwarzwaldes, aber im Bewusstsein der Leute spielte er als Wander- und Ausflugsgebiet kaum eine Rolle. Stundenlang konnte man hier gehen, ohne jemandem zu begegnen, vor allem, wenn man die ausgetretenen Wanderpfade mied, die Bienzle «Ameisenstraßen» nannte. Die Steinach wand sich mäandernd durch das kaum hundert Meter breite Tal. Links und rechts stiegen die Waldhänge steil empor. Die Sonne schien nur während der Mittagszeit bis auf die Talsohle herein. Nadelwälder wechselten sich mit Laubwäldern ab. Das füllige Blattwerk malte bunte Flecken ins satte Grün der dichten Tannen.

Im Abstand von sechs, sieben Kilometern tauchten immer wieder alte Mühlen auf. Die alten Holzmühlräder waren erhalten, drehten sich aber nicht mehr. In den stattlichen Gebäuden wohnten heute Asylanten. Nur die Horrenrieder Mühle existierte noch – als Sägewerk. Einige der Maschinen waren noch über Keilriemen mit der Achse des Mühlrades verbunden. Im Übrigen hatte der Besitzer, Albert Horrenried, aber längst einen Starkstromanschluss. Sein Werk war mit den teuersten Maschinen ausgestattet.

Als sie an dem Sägewerk vorbeikamen, blieb Bienzle stehen und betrachtete die mächtigen Maschinen, die im Hof standen und mit denen die riesigen Baumstämme bugsiert wurden. Solche gewaltigen Brummer hatten ihn schon immer interessiert. Hätte er freilich geahnt, was er mit dem Sägewerk und seinem Besitzer in den nächsten Tagen erleben sollte, er hätte auf der Stelle kehrtgemacht, wäre in sein Auto gestiegen und wo ganz anders hingefahren. So aber wanderten er und Hannelore weiter das Tal hinab und nahmen nach etwa zwei Kilometern einen schmalen Trampelpfad, der in Spitzkehren die Waldböschung hinaufführte und auf der Anhöhe dem Limes folgte, der hier in Teilen rekonstruiert worden war. Sie kamen an einem ehemaligen Römerkastell vorbei, dessen Grundmauern man im weichen Waldboden noch erkennen konnte.

Im Sägewerk deckte der Arbeiter Peter Mahlbrandt, ein Mann um die vierzig, seine Maschine ab und ging zu seinem Spind, um die Schuhe zu wechseln. Feierabend. Plötzlich stand Albert Horrenried, der Besitzer des Sägewerks, vor ihm.

«Scheints geht's ja wieder», sagte er.

Mahlbrandt band seine Schnürsenkel zu, ohne aufzusehen. «Es muss halt, Chef.»

«Was war's nochmal?», fragte Horrenried. «Grippe? Bandscheibe? Irgendeine Allergie?»

«Bandscheibenvorfall.»

Horrenried sah seinen Arbeiter mit zusammengekniffenen Augen an. «Und damit kann man seine Kinder in die Schule fahren, beim Landratsamt einen Baunachantrag stellen und seine eigene Garagenauffahrt pflastern?»

Mahlbrandt starrte seinen Chef an, kam aber nicht dazu, etwas zu sagen, denn der fuhr fort, indem er immer lauter wurde: «Du warst nicht krank, Mahlbrandt, du warst krank*geschrieben*! Und das war jetzt das fünfte Mal in drei Monaten! Und versuch bloß nicht, dich rauszulügen!»

«Okay, gut, einmal hab ich mich krankgemeldet, weil ich unbedingt aufs Landratsamt hab müsse. Aber die andere Mal bin ich wirklich echt krank g'wese. Und zweimal bin i sogar wieder ins Gschäft, obwohl mich der Doktor noch nicht wieder g'sund geschrieben hat!»

«Einmal langt», sagte Horrenried kalt.

Mahlbrandt wurde kleinlaut. «Ich werd das nacharbeiten, Chef.»

«Nix da!»

«Von mir aus auch doppelt und dreifach. Sie wissen, mir ist nix zu viel, Chef. Echt, ich häng mich rein wie noch nie!»

Albert Horrenried schüttelte den Kopf. «In zehn Minuten bist du runter von meinem Gelände!»

Damit wandte er sich ab und ließ Mahlbrandt einfach stehen. Der war zunächst wie gelähmt, löste sich dann aber aus seiner Erstarrung, rannte Horrenried nach, schloss zu ihm auf und packte ihn an der Schulter.

«Chef, bitte!»

Horrenried fuhr herum. «Nimm deine dreckigen Griffel weg!»

Mahlbrandt bekniete ihn regelrecht. «Das können Sie mit mir doch nicht machen! Ich hab drei Kinder, meine Frau ist arbeitslos, ich hab Schulden auf meinem Häusle. Ich bin eine arme Sau, das wissen Sie doch ganz genau!»

«Dein Problem.»

«Herr Horrenried, ich bin auf den Job angewiesen. Ich find doch hier in der Gegend nix anderes.»

«Des hättest du dir früher überlegen müssen.»

«Es tut mir ja auch Leid. Ich mach's wieder gut. Bitte, Chef!» Es fehlte nicht viel und Mahlbrandt wäre vor Horrenried wirklich auf die Knie gegangen.

Doch der herrschte seinen Arbeiter an: «Einen Albert Horrenried bescheißt man nicht, Mahlbrandt, das hättest du wissen müssen. Ich will dich hier nicht mehr sehen!»

Mahlbrandt sah rot. «Noi, einen Albert Horrenried bescheißt man nicht. Der bescheißt sich selber. Das kann ja koiner besser als der große Albert Horrenried. Weiß ja jeder, wie du's mit deinem Bruder g'macht hast. Aber natürlich: 's B'scheiße muss sich lohne! Und bei dir hat sich's gelohnt! Bei mir net!»

Albert Horrenried zog eine Axt heraus, die in einem Baumstamm steckte. Seine Stimme war mit einem Mal leise, aber messerscharf. «In zwei Minuten bist du vom Hof, oder ich schlag dich tot.»

Mahlbrandt wich ein paar Schritte zurück. «Das wird dir noch Leid tun! Du Menscheschinder! Du wirst noch amal für alles büßen!», schrie er außer sich vor Zorn.

Albert schleuderte wütend die Axt nach Mahlbrandt, aber die Entfernung war inzwischen schon zu groß. Die Axt trudelte dicht vor Mahlbrandts Füßen aus. Einen Augenblick sah

43

es so aus, als wollte sich Mahlbrandt nach ihr bücken und seinerseits auf Horrenried losgehen, aber dann verließ er doch das Gelände. Der Sägewerksbesitzer spuckte aus und ging auf das stattliche Wohnhaus zu, das oberhalb des Sägewerks am Hang stand.

Aus dem Haus trat Inge Kranzmeier, die Frau, mit der er seit anderthalb Jahren zusammenlebte. Sie war Mitte dreißig, fast so groß wie er selber. Ihre Haare leuchteten rot und fielen in langen Locken bis auf ihre Schultern hinab. Ihre grünen Augen kontrastierten seltsam zu ihren roten Haaren. Albert nannte sie deshalb in den wenigen Momenten, in denen er zärtlich wurde, «meine Hexe». Sie trug einen kurzen, engen Rock und eine knapp sitzende weiße Bluse. Er mochte es nicht, wenn sie ihre Reize so deutlich zeigte. Tatsächlich hatte sie eine Figur, um die sie jede andere Frau nur beneiden konnte.

Inge hatte den Streit beobachtet. «Musste das sein?», fragte sie.

«Leider», sagte Horrenried überraschend sanft. «Wenn man da nicht hart durchgreift, tanzen die einem eines Tages alle auf der Nas' rum. Gehst noch fort?»

«Hab ich dir doch gesagt, dass ich noch zu Brigitte gehe.»

«Das hör ich zum ersten Mal.»

«Weil du mir nie richtig zuhörst, Schatz … Macht aber nix – schon verziehen …» Sie hauchte ihm einen Kuss auf den Mund und ging zu ihrem Fahrrad, das an einem Holzstoß lehnte. Sie stieg auf und fuhr davon.

Albert schaute ihr nach und rief: «Wenn's bei dir später wird, ich geh dann zum Stammtisch.»

Er war sich nicht sicher, ob sie das noch gehört hatte.

Inge Kranzmeier radelte Richtung Dorf, bog aber nach ungefähr zwei Kilometern in einen schmalen Waldweg ein.

Sie stieg ab und schob ihr Fahrrad den Berg hinauf. Es war der gleiche Weg, den eine Stunde zuvor Hannelore und Bienzle gegangen waren.

Die saßen jetzt in einer kleinen Wirtschaft in einem kleinen Ort und ließen sich die Hausmacherwurst schmecken, die als Spezialität des Wirtes galt. Er war eigentlich Bauer, betrieb die Kneipe nur nebenbei und schlachtete selber. Die beiden tranken einen Apfelmost, den der Wirt ebenfalls selber machte und der auf der Zunge bizzelte wie Sekt – zumindest empfand es Bienzle so, der sein Schwabenland gerne schönredete.

«An was denkst du?», fragte Hannelore, die ihn von der Seite beobachtete.

«Ich hab mir grad überlegt, ob der Gächter den Fall Lohmann zum Abschluss bringen kann.»

«Ohne dich, meinst du?», fragte Hannelore ironisch.

«Na ja, zu zweit sind wir halt meistens doch besser.»

9 Patrick saß zusammengekauert und verängstigt in einer Ecke des alten Heizungsraums. Ein Schlüssel wurde draußen ins Schloss der Tür gesteckt und gedreht. Die Tür gab ein quietschendes Geräusch von sich, als sie nun geöffnet wurde. Mascha kam herein. Sie hatte eine Wolldecke unter dem Arm und zwei Plastiktüten in den Händen.

«Na, du ...», sagte sie.

Der Junge redete nicht, er weinte auch nicht mehr. Er starrte Mascha nur mit großen verängstigten Augen an.

«Du musst keine Angst haben», sagte sie und stellte die

Plastiktaschen ab. «Da ist was zu futtern drin und was zu trinken.»

Patrick schaute in die Tasche, nahm eine Saftflasche heraus, wollte sie aufschrauben, schaffte es aber nicht.

«Gib her!» Mascha öffnete die Flasche und reichte sie Patrick zurück. Er setzte die Flasche an den Mund, aber weil sie eine zu große Öffnung hatte, lief der Saft links und rechts an seinen Mundwinkeln hinab.

Mascha ging in die Hocke, holte ein Papiertaschentuch heraus und tupfte den Saft ab. Sie fragte gleichzeitig: «Wie heißt du eigentlich?»

«Patrick!»

«Und weiter?»

«Klostermeier, Patrick Klostermeier.»

«Nicht Gächter?»

«Nein, der Onkel Günter heißt doch Gächter.»

Joe Keller ging schon seit Stunden unablässig in der engen Zelle auf und ab und versuchte seine Panik niederzukämpfen. Die Tür wurde aufgeschlossen. Ein Vollzugsbeamter ließ Gächter herein und schloss hinter dem Kommissar wieder ab. Gächter lehnte sich mit dem Rücken gegen die Tür.

Joe schaute kurz auf. «Ich war's nicht. Als ich in Lohmanns Büro gekommen bin, hatte der seinen letzten Schnaufer schon getan.»

«Ihre Freundin hat ein Kind entführt», sagte Gächter.

Joe versuchte ein Grinsen: «... und eine Bank überfallen und fünf Mios erbeutet, und heut Abend kommt sie mit dem Hubschrauber, landet mitten auf dem Gefängnishof und holt mich hier raus, stimmt's?»

«Mascha Niebur will Sie freipressen! Das Kind ist mein Neffe.»

Joe begriff. Er sah auf. Seine Augen leuchteten plötzlich. «Mascha hat …? Das ist ja stark … Bockstark ist das!»

Gächter sagte: «Sie kann nicht wissen, dass der Staat sich nicht erpressen lässt.»

«Ist das nicht Wahnsinn?», schrie Joe begeistert.

«Ja», sagte Gächter dumpf, «das ist der absolute Wahnsinn. Ihre Freundin sagt damit nichts anderes, als dass Sie den Mord begangen haben, Herr Keller.»

«Von wegen …!»

«Und sie hat jetzt selber ein Verbrechen am Hals, für das sie genauso lange in den Knast einfahren kann wie Sie für Ihren Mord.»

«Ich hab den Lohmann nicht umgebracht!»

Plötzlich schrie Gächter: «Aber Ihre Freundin hat ein Kind entführt!» Und dann wurde seine Stimme leise. «Wenn Sie noch irgendwas retten wollen, dann helfen Sie mir, Mascha und das Kind zu finden.»

Joe biss sich auf die Unterlippe. Dann schüttelte er langsam den Kopf. «Nein! Mascha denkt genau richtig: Wenn man Sie nicht zwingt, werden Sie nichts tun. Sie werden den, der's wirklich war, nie richtig suchen … Aber jetzt! Finden Sie ihn. Je schneller Sie ihn haben und je schneller ich draußen bin, umso eher ist doch das Kind auch wieder frei … Ich finde, das ist sauclever von Mascha gedacht!»

Gächter verlor die Nerven, er packte Joe am Hals, zerrte ihn hoch und warf ihn gegen die Wand. Joe verhielt sich ruhig, er wehrte sich nicht, lächelte nur. Gächter kam zur Besinnung und ließ den jungen Mann wieder los.

«Keep cool», sagte Joe Keller.

10 Es war Albert Horrenrieds Gewohnheit, bevor er sein Gelände verließ, nochmal durch das Werk zu gehen und sich zu vergewissern, dass alles seine Ordnung hatte. Er war stolz auf sein Sägewerk. Als er es damals übernommen hatte, war der Maschinenpark hoffnungslos veraltet gewesen. Sein Vater hatte viel vom Holz und wenig von den Geschäften verstanden. Albert hatte einen Schatz bester Hölzer angesammelt und fachgerecht gelagert. Weit und breit gab es kein Unternehmen, das über qualitativ so gute Stämme verfügte. In den Möbelfabriken des Landes wusste man das. Man kam zu Albert Horrenried, wenn man ausgewählte Hölzer suchte. Und nach und nach hatte er auch in neue Maschinen investiert. Maßvoll und mit viel kaufmännischem Verstand. Unter seinen Freunden und Jagdkameraden galt er zwar als Hitzkopf, aber in geschäftlichen Dingen zeigte er stets einen glasklaren Verstand. Albert Horrenried war mit sich zufrieden. Auch privat lief alles bestens. Inge war eine schöne und gefügige Frau, die wusste, was sie an ihm hatte. Sie war ihm dankbar, dass er sie bei sich aufgenommen hatte. Zwar redete sie nicht viel über die Zeit, bevor er sie aufgelesen hatte – damals in der kleinen Bar in Stuttgart drin. Sie hatte da bedient und musste sich von den Männern auf der anderen Seite des Tresens viel gefallen lassen. Ein Lächeln huschte über sein Gesicht, verflog aber genauso schnell wieder. Am großen Tor zur Werkhalle stand plötzlich sein Bruder Martin.

«Was willst denn du?», herrschte der Sägewerksbesitzer ihn an.

Martin Horrenried war ein dünner Mann und etwa einen Kopf größer als der Sägewerksbesitzer. Leicht gebeugt stand er im Lichtfeld des großen Tors.

«Ich würd gern mit dir reden, Albert.»

«Das beruht aber nicht auf Gegenseitigkeit.»

«Trotzdem. Bitte!»

Albert zeigte mit einer herrischen Geste auf den Glaskasten, der an der Stirnseite der Halle in etwa vier Metern Höhe an der Wand klebte wie ein Schwalbennest. Eine schmale Eisentreppe führte zu dem Büro hinauf. «Aber nicht lang!»

Martin kam zögernd näher, ging an seinem jüngeren Bruder vorbei und stieg die Eisentreppe hinauf. Sein Anzug war abgetragen. Auf den Ellbogen hatte er Lederflecke aufgenäht. Auch seine Schuhe hatten einmal bessere Zeiten gesehen.

Er blieb mitten in dem Glaskasten stehen und schaute seinen Bruder aus wassergrauen Augen an. «Es fällt mir bestimmt nicht leicht ... Aber ich muss dich um etwas bitten.»

«Um Geld, nehm ich an.»

«Ja.»

«Abgelehnt.»

«Ich bitte ja nicht für mich! Der Winni hat sich übernommen. Zehn- oder auch schon fünftausend Mark würden ihm aus seiner Misere helfen.»

«Hab ich mir doch gedacht, dass dem seine Werkstatt auf Pump läuft. Jetzt hat er Schulden, und die Gläubiger drücken ihm die Luft ab, was?»

Martin nickte. «Wenn nix passiert, machen sie ihm noch diesen Monat die Werkstatt dicht.»

Auf der gegenüberliegenden Seite trat jetzt ein Mann in die Werkhalle: Hans Jochen Schmied, den alle nur Hajo riefen. Er war der Schatzmeister des Jagdvereins Hubertus Heimerbach und der beste Freund des Sägewerksbesitzers Albert Horrenried.

Alberts Stimme bekam einen triumphierenden Klang. «Einer wie dein Sohn schafft's so und so nicht. Genauso wenig wie du. Da könnt ich mein Geld auch gleich zum Fenster 'nausschmeißen.»

49

«Ich hab dich bisher noch nie um etwas gebeten», sagte Martin mit gepresster Stimme.

«So hättest du's auch weiter halten sollen.» Der Sägewerksbesitzer trat aus dem Glaskasten und rief zu Hajo Schmied hinunter: «Des muscht du dir amal vorstellen: Will der mich doch tatsächlich anpumpen!»

Alberts Freund wusste nicht so recht, wie er reagieren sollte.

Martins Augen wurden schmal. Ein ungeheurer Zorn stieg in ihm auf. Er trat dicht an seinen Bruder heran. «Du kommst nochmal runter von deinem hohen Ross. Und wenn ich dich mit meinen eigenen Händen runterholen muss!»

Albert winkte geringschätzig ab. «Große Worte, nix dahinter, so ist es bei dir schon immer gewesen! Spiel dich bloß nicht so auf, du Versager.» Wieder rief er zu Hajo Schmied hinunter. «Erst letzte Woche haben mich die vom Sozialamt zur Kasse bitten wollen. Ich soll für meinen Bruder aufkommen. Ich! Keinen Pfennig, hab ich gesagt. Ich zahl doch nicht für einen Asozialen!»

Martin war anzusehen, wie er unter jedem dieser Worte litt. «Das hab ich nicht gewusst. Ich wäre nicht damit einverstanden gewesen», sagte er leise.

«Sieh bloß zu, dass du Land gewinnst, du Versager!», schrie ihn sein Bruder an.

«Das ist auch mein Grund und Boden hier», gab Martin zurück, indem er allen Mut zusammennahm.

«Du hast hier schon lang nichts mehr zu suchen! Sieh zu, dass du vom Acker kommst, bevor ich dich eigenhändig nausschmeiß!»

Martin wollte noch etwas sagen, aber dann stieg er doch wortlos die steile Eisentreppe hinunter. Unten kam er an Hajo Schmied vorbei. Hajo wirkte jetzt etwas verlegen.

«Grüß Gott, Martin, lang nicht gesehen.»

Aber Martin beachtete Hajo nicht, er schaute noch einmal zu seinem Bruder hinauf. «Einmal rächt sich das alles!», sagte er. Dann ging er davon.

Hajo Schmied rief Albert zu: «Was ist, fährst gleich mit zu der Sitzung?»

«Ich komm mit mei'm eigenen Auto», antwortete der Sägewerksbesitzer.

Hajo winkte dem Freund zu. «Okay, man sieht sich.»

Bienzle und Hannelore waren auf dem Rückweg zu ihrem Hotel. Sie nahmen einen verschwiegenen kleinen Pfad, den ihnen der Wirt beschrieben hatte: «Am Hochstand rein, durch die Schonung und dann am Bächle entlang.»

Die Sonne ging bereits unter. Ihre Strahlen fielen in langen, hellen Bahnen zwischen die Bäume und auf den tiefgrünen Moosuntergrund. Zwischen den Zweigen hingen unzählige dünne Spinnweben.

«Altweibersommer», sagte Bienzle.

Sie kamen über eine Lichtung. Im Schutz zweier hoher Eichen stand an ihrem Rand eine kleine Hütte. An der Tür lehnte ein Damenfahrrad. Hinter der einzigen Fensterscheibe sah man das sanfte Licht einer Kerze.

«A schöns verschwiegens Plätzle», sagte Bienzle.

In der Hütte lag Winfried Horrenried, Martins Sohn, auf dem Rücken und rauchte. Inge Kranzmeier zog sich an. Winfried legte die Zigarette weg, fasste Inge, die grade einen Fuß in das Hosenbein schob und deshalb nur einen wackeligen Stand hatte, an der Hand und zog sie zu sich heran. Er schloss seine Geliebte noch einmal in die Arme, küsste und streichelte sie und sagte leise: «Wie schön du bist!»

51

Inge wollte sich ihm entziehen. Ein wenig außer Atem sagte sie: «Winni, nicht, bitte!»

«Ich hab schon wieder Lust», sagte der junge Mann.

Inge schaute auf die Uhr und erschrak. «Menschenskind, es ist ja schon sieben Uhr vorbei! Ich müsste längst daheim sein. Der Albert ist eh schon so misstrauisch.»

Winfried ließ sie los und griff nach seinem Hemd. Betont beiläufig sagte er: «Ist er denn nochmal beim Arzt gewesen?»

«Ja, aber er redet nicht drüber. Er ist danach unheimlich gereizt gewesen. Und nachts hat er mich plötzlich geweckt.»

Winfried zog sein Hemd über den Kopf. Inge sah es mit einem leisen Bedauern. Sie liebte diesen kräftigen, sehnigen Körper und seine makellose Haut.

«Mach mich bloß nicht eifersüchtig», sagte Winni aus dem Hemd heraus.

«Nein, nicht so. Er hat nur gesagt, ich soll mir keine Gedanken um meine Zukunft machen, für mich würde er schon sorgen.»

«Du meinst, mein Onkel will ein Testament zu deinen Gunsten machen?» Winfried gab sich Mühe, den Satz beiläufig klingen zu lassen.

«Ich weiß nicht so genau», sagte Inge. «Könnte schon sein ... wenn er sich's nicht nochmal ganz anders überlegt.»

Winfried beobachtete sie lauernd aus den Augenwinkeln. Als sie ihn plötzlich anschaute, fühlte er sich bemüßigt, seinen Blick zu erklären. «Du bist unheimlich schön! Grade jetzt!»

Eine Viertelstunde später, die Dämmerung war nun schon der Nacht gewichen, erreichten Inge und Winfried die kleine Fahrstraße, die das Steinachtal mit dem Dorf verband. Dort hatte Winfried sein Motorrad, versteckt hinter einem dichten Gebüsch, abgestellt. Inge schob ihr Fahrrad rechts von sich und hatte sich links eng an ihren Liebhaber gekuschelt, der seinen Arm um ihre Hüften gelegt hatte.

Inge sagte: «Ich verlasse ihn!»

Winfried grinste: «Vielleicht verlässt er ja dich.»

Sie blieb stehen. «Warum sagst du so was?»

«Na ja, mit seinem schweren Herzfehler …»

Sie gingen weiter und erreichten nach wenigen Schritten den Rand des Waldsträßchens, das das Sägewerk mit dem Dorf verband. Hier trennten sie sich nach jedem ihrer heimlichen Treffen. Winfried küsste Inge nochmal. Sie drängte sich an ihn. Und so merkten sie etwas zu spät, dass ein Auto herannahte. Für Sekunden wurde das Liebespaar von den Scheinwerfern erfasst.

«Mensch, der Albert!», entfuhr es Inge.

Winfried beruhigte sie: «Der hat uns nicht gesehen.»

Albert Horrenried war inzwischen weitergefahren und um die nächste Kurve verschwunden.

Inge sagte schnell: «Ich ruf dich an», und schwang sich auf ihr Fahrrad.

Winfried zog sein Motorrad hinter dem Busch hervor und fuhr in die gleiche Richtung wie Albert zuvor.

Der hatte inzwischen einen Holzabfuhrplatz erreicht und wendete seinen Wagen. In seiner Wut und Hast rammte er dabei einen Holzstoß. Er fluchte: «Himmelherrgottsakrament nochamal!»

Aber er kümmerte sich nicht weiter darum, haute den ersten Gang hinein und fuhr auf dem gleichen Weg zurück, den er gekommen war. Er hatte noch keine hundert Meter zurück gelegt, da kam ihm sein Neffe auf dem Motorrad entgegen. Albert Horrenried beugte sich weit über das Steuer. Sein Gesicht war hassverzerrt und gleichwohl konzentriert. Er hielt auf das Motorrad zu.

Winfried hatte keine Ausweichmöglichkeit nach rechts, weil dort ein tiefer Graben verlief. Im letzten Moment rettete er sich mit einem gewagten Manöver, indem er sein Motorrad vor dem herannahenden Auto scharf nach links riss, um so auf der Gegenfahrbahn vorbeizukommen. Das gelang ihm ganz knapp. Nach ein paar hundert Metern stoppte er die Maschine. Er nahm den Helm ab, wischte sich den Schweiß von der Stirn, ballte die Faust und machte dann in die Richtung, in die Albert Horrenried verschwunden war, eine obszöne Geste.

11 Der Polizeipräsident hatte sich von Gächter detailliert berichten lassen. Jetzt schloss der Kommissar: «Vielleicht war es dieser Joe Keller tatsächlich nicht. Gerry Adler hat etwas mit Lohmanns Frau. Und er kassiert eine halbe Million aus einer Lebensversicherung auf Gegenseitigkeit. Und alle beide – Adler und Frau Lohmann – hätten die Gelegenheit gehabt, Lohmann umzubringen.»

«Sie meinen, die beiden haben Lohmann auf dem Gewissen und wollen dem jungen Mann die Tat in die Schuhe schieben? Aber warum veranstaltet dann Mascha Niebur so eine hirnrissige Aktion?»

«Ihr Vertrauen zu uns scheint nicht besonders groß zu sein.»

«Was sagt denn der Bienzle dazu?», wollte der Präsident wissen.

«Ich habe ihn noch nicht erreicht. Er ist zum Wandern in den Schwäbischen Wald gefahren. Anschließend hat er noch eine Woche Urlaub, um seine neue Wohnung zu beziehen.»

«Ach ja, stimmt ja …» Der Präsident strich mit den Fingerspitzen seine Augenbrauen glatt. «Er wär jetzt genau der richtige Mann, um die notwendige Sonderkommission zu leiten.»

«Ich werde natürlich …», setzte Gächter an, aber sein Chef stoppte ihn.

«Nein, Sie werden gar nichts tun. Wenn man in eine Geschichte persönlich so involviert ist, soll man die Ermittlungen anderen überlassen.»

«Aber ich kann jetzt doch nicht die Hände in den Schoß legen!», sagte Gächter verzweifelt.

«Der Kollege Gollhofer wird die Ermittlungen leiten, er wird schon wissen, wie Sie sich nützlich machen können.»

Gächter verzog das Gesicht. Gollhofer war in seinen Augen ein klein karierter Bedenkenträger. Schnelle Entscheidungen konnte man von dem nicht erwarten.

Wütend verließ er das Präsidium. Er grüßte den Pförtner, stieg in seinen Dienstwagen und fuhr zu dem Abrisshaus, in dem Mascha, Joe und ihre Freunde wohnten.

In der Gemeinschaftsküche saßen an einem langen Tisch ein paar der Bewohner zusammen und starrten Gächter feindselig an.

Jürgen machte den Wortführer. «Da können wir Ihnen nicht weiterhelfen.»

Gächter ließ sich nicht so leicht abspeisen. «Irgendeiner wird doch ein Foto haben, auf dem Mascha Niebur zu sehen ist.»

«Wozu brauchen Sie denn das?», wollte ein Mädchen wissen, das in beiden Nasenflügeln und im linken Ohr hell glitzernde Sicherheitsnadeln trug.

«Zu Fahndungszwecken», sagte Gächter knapp.

55

«Hier hat keiner ein Foto.» Jürgen verschränkte die Arme vor der Brust und grinste den Kommissar an.

«Wir werden schon eins finden.»

«Warum suchen Sie Mascha überhaupt?», fragte das Mädchen.

«Sie hat ein Kind entführt, um ihren Freund freizupressen.»

«Das ist allerdings krass», meldete sich ein Junge.

«Stark, echt stark find ich das. Würd ich für 'nen Typ auch tun, wenn er's wert wäre», sagte das Mädchen.

Gächter wollte hier nicht rumdiskutieren. «Kann ich mal das Zimmer von Mascha Niebur sehen?»

«Nee», sagte Jürgen kategorisch.

«Ich werd's schon finden!» Gächter ging zur Tür.

Blitzschnell umrundete Jürgen den Kommissar und baute sich vor ihm auf.

Aber Gächter fackelte jetzt nicht mehr. Er zog seine Waffe und richtete sie auf Jürgen. «Lassen Sie sich bloß nicht einfallen, mich noch weiter zu behindern.»

Das Mädchen rief: «Brauchst du dafür eigentlich nicht so etwas wie einen Hausdurchsuchungsbefehl, Bulle?»

Gächter sah zu ihr hinüber. «Ja, wenn's euch nützt, dann seid ihr plötzlich ganz auf der Seite des Gesetzes, was? Zu Ihrer Beruhigung, Gnädigste: Brauch ich nicht bei Ermittlungen wegen Kapitalverbrechen und bei Gefahr im Verzug.»

Er ging an Jürgen vorbei hinaus, der nun bereitwillig Platz machte und ihm folgte. Auf der Schwelle zu Maschas und Joes Zimmer lehnte sich Jürgen lässig gegen den Türbalken.

Gächter fand schon nach kurzem Suchen die Patronenschachtel und hob sie hoch. «Wissen Sie, was das ist?»

Jürgen schüttelte den Kopf. «Keine Ahnung.»

Gächter suchte weiter. Schließlich fand er einen Schuhkarton mit Fotos. Darunter auch ein Bild, das offenbar bei einer Fete gemacht worden war.

«Wo ist denn das gewesen?», fragte Gächter.

Jürgen warf einen Blick über die Schulter, aber von den anderen war ihnen keiner nachgekommen. «In der alten Zuckerfabrik. Wir haben da ein paar Monate gewohnt.»

Auf dem Bild waren sowohl Mascha als auch Joe und Jürgen zu erkennen.

«Na bitte, geht doch», sagte Gächter gallig.

Jürgen warf erneut einen Blick über die Schulter. Dann sagte er schnell: «Die Schnalle hat mein Auto geklaut.»

Sofort zog Gächter seinen Notizblock und einen Stift heraus. «Marke, Typ, Farbe, Zulassungsnummer?»

Jürgen gab bereitwillig Auskunft.

12 Inge Kranzmeier hatte sich eine Schürze umgebunden und wirtschaftete in der Küche herum. Sie sang leise vor sich hin. Auf dem Weg nach Hause war sie zu der festen Überzeugung gekommen, dass Albert Horrenried sie dort draußen an dem dicht bewachsenen Waldrand tatsächlich nicht gesehen haben konnte.

Plötzlich spürte sie seinen Atem in ihrem Nacken. Sie hatte ihn nicht kommen hören.

«Du bist ja so fröhlich», sagte er in einem seltsam schleppenden Ton.

Sie fuhr herum. «Bist du nicht bei deinem Stammtisch?»

«Nein ...» Er legte von hinten beide Arme um sie und fasste grob nach ihren Brüsten. «Mit dem Winfried treibst du's also?»

57

Inge hielt den Atem an. «Bitte?»

Alberts rechte Hand glitt hinunter zu ihrem Schoß und packte schmerzhaft zu. «Du Hur!», stieß er hervor.

Inge wollte sich ihm entwinden, aber Albert setzte nach und presste sie heftig an sich.

«Wie macht er's denn? Wahrscheinlich ist er genauso geil, wie sein Vater immer gewesen ist. Das gefällt euch Weibern natürlich. Los, red, wie macht er's? Zeig's mir ... Komm, das machst jetzt genau auch mit mir.» Er schleppte sie ins Schlafzimmer.

«Albert, bitte, ich weiß nicht, was du da redest. Wenn du mal wieder mit mir schlafen willst ...»

«Mal wieder. Ja, ja, mal wieder ... Der Winni, der kann natürlich jederzeit und immer, hä?» Er warf sie auf das Bett.

«Du bist ja richtig scharf.» Inge versuchte zu lachen.

«Wirst es schon sehen. Scharf wie ein Rasiermesser. Ja, genau. Eigentlich sollt ich dir die Gurgel durchschneiden.»

Er packte sie tatsächlich so fest am Hals, dass sie für ein paar Augenblicke keine Luft mehr kriegte und ihre Augen aus den Höhlen quollen. Doch dann ließ er sie los, packte mit beiden Händen ihren Blusenausschnitt und riss ihn auf.

Inge starrte ihn mit angstvollen Augen an. Albert Horrenried trat einen Schritt zurück, zog den Gürtel aus seiner Hose und ließ ihn durch die Hand gleiten.

Jetzt klang Inges Stimme klar und fest: «Wenn du mich schlägst, bring ich dich um.»

Albert holte aus, warf den Gürtel dann aber zur Seite und zog seine Hose aus. Er zerriss ihren Büstenhalter. «Runter mit dem Fummel, den hast ja doch nur für den Saukerl gekauft!»

«Für dich. Aber du glaubst mir ja sowieso nichts.»

«Das stimmt. Für mich bist nix weiter als eine billige, verlogene Nutte.»

Er hob seine Jacke nochmal hoch, holte aus der Jacken-tasche ein paar Geldscheine und warf sie auf die halb nackte junge Frau hinab. «Da. Ich zahl auch. Huren muss man doch bezahlen. Was zahlt denn der Winfried, hä? Vielleicht ist er deshalb pleite.» Er zog nun auch die Unterhose aus. «Aber glaub ja nicht, dass du sonst noch irgendwas von mir kriegst. Das kannst vergessen ... Bezahlt bist du. Jetzt mach die Beine breit!»

Er warf sich auf sie.

13 Kerstin hatte es übernommen, in Gächters Wohnung auf die Anrufe der Entführerin zu warten. Zwei Beamte hat-ten inzwischen eine Abhöreinrichtung installiert, um eine Fangschaltung zu ermöglichen und alle Anrufe aufzuzeich-nen.

Gächter kam nach Hause und schaute seine Freundin fra-gend an.

«Nichts», sagte Kerstin. «Hast du was gegessen?»

«Ich hab keinen Hunger.» Er begrüßte die Kollegen, die er flüchtig kannte, und ging mit Kerstin in die Küche.

Kerstin schloss sorgfältig die Tür. «Warum lässt du diesen Joe Keller nicht einfach frei?»

Gächter lachte unfroh auf. «Wie stellst du dir das denn vor?»

«Sobald der Mann frei ist, wird Mascha Niebur auch Pa-trick freilassen. Das ist doch ganz einfach.»

Gächter schüttelte den Kopf. «Du überschätzt meine Mög-lichkeiten. Er wird morgen dem Haftrichter vorgeführt.»

«Da bist du doch als Zeuge dabei ...»

59

«Ja, sicher.»

«Vielleicht kannst du ihn so weit entlasten, dass sie ihn laufen lassen müssen!»

«Das kann ich nicht, Kerstin. Ich hab nichts in der Hand!»

Das Telefon klingelte. Einer der Polizeibeamten öffnete die Tür. Er gab Gächter ein Zeichen, dass er noch kurz warten solle. Sein Kollege betätigte einige Schalter.

Gächter nahm ab. «Gächter hier.»

Maschas Stimme war über Lautsprecher zu hören. «Wann kommt Joe frei ...?»

«Ich will mit Patrick sprechen!»

«Das ist jetzt nicht möglich. Aber es geht ihm gut. Nur, wie lange es ihm noch gut geht, das hängt von Ihnen ab.»

Gächter sagte beschwörend: «Mascha, ich versuche alles. Morgen ist der Haftprüfungstermin. Vielleicht kommt Joe danach ja frei ...»

«Ich glaube Ihnen kein Wort.»

«Hören Sie mir bitte zu, ich verspreche Ihnen ...»

Mascha unterbrach ihn kalt: «Sie kriegen den Jungen zurück, wenn Joe freikommt. Und wenn Joe morgen Mittag nicht wieder draußen ist, kriegen Sie das Kind auch zurück, aber dann lebt es nicht mehr!» Sie legte auf.

Einer der Beamten war mit der Zentrale verbunden. Jetzt schaute er auf. «Der Anruf ist aus Cannstatt gekommen. Eine Zelle in der Gneisenaustraße.»

Gächter riss das Foto aus der Tasche und haute mit dem Handrücken drauf. «Genau dort liegt die alte Zuckerfabrik!»

Der Beamte meinte: «Das dät passen!»

Gächter war schon auf dem Weg zur Tür.

«Ich ruf sofort in der Zentrale an», rief der Kollege ihm nach.

14 Albert Horrenried stand schwankend vom Bett auf. Er war verschwitzt, rang nach Atem, und sein Gesicht war gerötet. Er sah aus, als ob er jeden Moment einen Schlaganfall bekommen könnte. Auf dem Bett lag Inge wie erschlagen. Um sie herum noch immer die Geldscheine. Sie starrte den nackten Mann angewidert an. Tränen liefen über ihr Gesicht.

Albert stieg in seine Hosen und griff nach seinem Hemd. Er ging mit schweren Schritten zur Tür, drehte sich nochmal um und sagte: «Hat's dir der Winni auch so besorgt?»

Inge wandte sich nur ab und kehrte ihm den Rücken zu. Die Tür fiel ins Schloss.

Albert Horrenried ging zu seiner Hausbar, goss Schnaps in ein Wasserglas und stürzte ihn in einem Zug hinunter. Ihm fiel ein, dass er ja noch nicht einmal die Halle abgeschlossen hatte. Er stieg die Treppe hinunter.

Als er aus dem Haus trat, spürte er, dass es zu regnen begonnen hatte. Er überquerte den Platz, ging an den hoch aufgeschichteten Stämmen vorbei. Die Eichen sollten anderntags geräppelt und in der großen Gattersäge zu Möbelbrettern verarbeitet werden. Seine Hand glitt über die raue Rinde. Das nasse Holz roch gut. Das Leben hätte so schön sein können. Er ging zwischen den Schienen weiter, die in Beton eingelassen waren und auf denen der Laufkran fuhr. Mit diesem wurden die Stämme von den Stapeln am Mühlbach entlang in die Halle befördert.

Plötzlich flammten Scheinwerfer an der Vorderfront des Krans hell auf: Gleißendes Licht schoss ihm in die Augen und blendete ihn so, dass er ein paar Augenblicke lang nichts mehr erkennen konnte. Unwillkürlich machte er ein paar Schritte zurück. Der Kran setzte sich in Bewegung. Jetzt erst sah Horrenried, dass der Greifer einen mächtigen Stamm gepackt und auf vier, fünf Meter Höhe angehoben hatte. Direkt über ihm schwankte der gewaltige Baumstamm an dem Greifer leicht hin und her. Das nasse Holz glänzte im Licht des hellen Scheinwerfers.

«Nein», schrie er, «lass das, bist du wahnsinnig?»

Er konnte den Mann hinter der Scheibe der Führerkabine nicht erkennen, aber er zweifelte keine Sekunde daran, dass es sein eigener Bruder war, der versuchte, ihn umzubringen. Schritt um Schritt wich der Sägewerksbesitzer zurück. Danach blieb er mit dem Absatz an einer der Schienen hängen und fiel nach hinten. Im gleichen Augenblick öffnete sich der Greifer, der Stamm löste sich. Albert Horrenried rollte sich blitzschnell einen Meter zur Seite. Der Stamm stürzte krachend auf die Erde und verfehlte ihn nur knapp.

Der Mann, der den Kran gesteuert hatte, sprang aus der Führerkabine und rannte davon. Er war nur als Schattenriss zu sehen.

Albert rappelte sich mühsam auf. Sein Atem ging stoßweise, seine Knie zitterten, dicke Schweißperlen standen auf seiner Stirn.

Inge hatte sich einen Morgenmantel übergeworfen, sie hielt das Telefon in der Hand und wählte, schaltete den Apparat aber aus, als sie die schweren, unsicheren Schritte auf der Treppe hörte. Der Sägewerksbesitzer torkelte herein. Er riss eines seiner Jagdgewehre aus dem Waffenschrank und eilte wieder aus der Diele, wie er gekommen war. Seine Kordhosen und seine Lodenjacke starrten vor Dreck, die Haare hingen ihm nass und wirr ins Gesicht.

An der Tür drehte er sich nochmal um und herrschte Inge hasserfüllt an: «Mit dir bin ich auch noch nicht fertig!»

Er stolperte wieder hinaus. Inge nahm das Telefon erneut zur Hand, wählte, wartete, wurde immer nervöser, aber Winfried hob nicht ab.

Bienzle und Hannelore hatten im «Stern» in Mainhardt zu Abend gegessen, einem schönen alten Bauernlokal, wo die Wirtin, nun auch schon weit über siebzig, selber kochte. Man saß an großen Tischen, an der Wand auf Bänken, vorne auf Stühlen. Zwischen den Tischen hatten die Wirtsleute viel Platz gelassen, sodass man sich selbst dann nicht bedrängt fühlte, wenn das Lokal bis auf den letzten Stuhl besetzt war. Es gab Sauerbraten mit handgeschabten Spätzle und einer sämigen Soße. Bienzle trank einen Nordheimer Trollinger mit Lemberger dazu. Sie redeten kaum, aber beide hatten keinen Augenblick das Gefühl, sich zu langweilen.

Den Weg zurück gingen Hannelore und Bienzle zu Fuß. Sie erreichten Heimerbach kurz nach neun Uhr. Hannelore hatte sich bei Bienzle eingehängt und ihren Kopf leicht gegen seine rechte Schulter gelegt.

Plötzlich zerriss ein Gewehrschuss die dörfliche Stille. Er war ganz aus der Nähe gekommen. Bienzle rannte los. Hannelore blieb wie angewurzelt stehen.

Als Bienzle um die Ecke des Gasthauses bog, sah er einen Mann breitbeinig im Hof eines kleinen, flachen heruntergekommenen Häuschens stehen, er hatte ein Gewehr an der Schulter angelegt. Unter der Haustür, zu der von beiden Seiten ausgetretene Steinstufen hinaufführten, stand ein zweiter Mann, leicht vorgebeugt, als ob er seinen Augen nicht traute. Das Häuschen hatte auf der rechten Seite einen barackenähnlichen Anbau. «Motorwerkstatt» stand auf einem Blechschild, das von einer schwachen Lampe nur unvollständig beleuchtet wurde.

Erneut peitschte ein Schuss. Dicht neben dem Kopf des Mannes unter der Tür, der noch immer wie eine lebendige Zielscheibe dort stand, spritzten Putz und Mauerwerk auf. Der Mann mit dem Gewehr lud durch. Im gleichen Augen-

63

blick erreichte ihn Bienzle. Er packte die Jagdwaffe am Lauf und drückte sie nieder.

«Waffe weg!», herrschte er den Schützen an.

Der fuhr wütend herum. «Weg da!»

Bienzle zog mit der freien Hand seinen Polizeiausweis heraus und sagte: «Ich bin Polizeibeamter. Geben Sie die Waffe her! Und weisen Sie sich aus!»

Der Mann ließ die Waffe los und zog aus seiner Gesäßtasche einen Personalausweis. «Und was ist mit dem dort? Der hat heut Abend versucht, mich umzubringen!»

Bienzle schrieb von dem Ausweis die Personalien ab und sprach dabei mit: «Albert Horrenried, geboren 21. 9. 1959 in Heimerbach. Haben Sie was mit dem Sägewerk drunten im Steinachtal zu tun?»

«Das gehört mir», sagte der Mann. «Und dort hat er's auch probiert. Mit mei'm eigenen Laufkran – einen riesigen Stamm hat er im Greifer gehabt. Ich bin grad noch weggekommen, bevor der runtergekracht ist. So viel», er zeigte es mit den Händen, «und es hätt mich erwischt!»

Der Mann oben auf dem Treppenabsatz rief herunter: «Ich hab den ganzen Abend mein Haus nicht verlassen!»

Albert Horrenried sagte trotzig zu Bienzle: «Und wenn er's nicht selber gewesen ist, dann hat er einen geschickt.»

Der andere lachte auf. «Als ob für mich einer gehen würde!»

Der Schütze fuhr zu ihm herum und geiferte: «Pack von deiner Sorte gibt's genug. Alles der gleiche Abschaum!»

Bienzle fragte: «Haben Sie den Vorfall der örtlichen Polizei gemeldet?»

«Ich brauch keine Polizei!»

«Das können Sie nach dem Vorfall jetzt nicht mehr selber bestimmen.»

«Wollen Sie mich etwa verhaften?»

«Ich hab Ihre Personalien. Und das Gewehr ist erst mal konfisziert. Alles Weitere sehen wir dann.» Bienzle rief zu dem Mann unter der Tür hinauf: «Und wie heißen Sie?»

«Horrenried ...»

Bienzle schaute sich Alberts Ausweis nochmal an. «Brüder?»

«Leider!», rief der Mann unter der Haustür.

Wütend riss Albert Horrenried dem Kommissar den Ausweis aus der Hand, ging zu seinem Auto, setzte sich hinters Steuer und fuhr mit aufheulendem Motor davon. Die Lichtkeile der Scheinwerfer erfassten kurz Hannelore, die ganz in der Nähe dicht an einer Hauswand stand.

Bienzle sagte mehr zu sich selbst als zu Martin Horrenried: «‹Siehe, wie fein und lieblich ist es, wenn Brüder einträchtig beieinander wohnen›, so heißt's in der Bibel.»

«Fromm sind wir beide nicht!», sagte Martin und verschwand hinter seiner Haustür.

Hannelore trat neben Bienzle. «Es soll Polizisten geben, die ziehen das Verbrechen förmlich an.»

Bienzle seufzte. «Jetzt muss ich erst noch auf dem hiesigen Polizeiposten vorbei.»

15 Als Mascha Niebur von der Telefonzelle zurückkam, saß Patrick apathisch in der Ecke des ehemaligen Heizungsraums.

Mascha legte dem Jungen eine Decke um die Schultern. «Hast du was gegessen?»

Patrick schüttelte nur den Kopf.

Aus einer der Plastiktüten kramte Mascha einen Schokoriegel hervor und hielt ihn dem Jungen hin. Aber der schob nur ihre Hand weg und begann zu weinen. «Ich will weg hier!»

«Das geht jetzt noch nicht», sagte Mascha sanft.

«Ich will weg!» Er schluchzte auf.

«Hör auf zu heulen.»

Doch Patrick heulte nur noch mehr, rannte zur Tür und riss sie auf. Mascha war mit ein paar schnellen Schritten bei ihm. Sie packte ihn an den Schultern, wirbelte ihn herum und schlug ihn ins Gesicht.

«Ich hab dir gesagt, mach keinen Scheiß!»

Sie warf ihn rüde in die Ecke zurück, wo die Decken jetzt auf einem Haufen lagen. Patrick blieb so liegen, wie er hingefallen war, starr vor Angst, ein Häufchen Elend. Er vergrub das Gesicht in seinen Armen, schluchzte hemmungslos.

Mascha ging dicht neben ihm in die Hocke. Sie versuchte, mit einem Mal ganz sanft, dem Jungen die Arme vom Gesicht zu ziehen. «Entschuldige. Das wollte ich nicht.»

Langsam nahm Patrick die Arme herunter. «Ich will jetzt doch die Schokolade.»

Mascha reichte ihm sichtlich erleichtert den Schokoriegel.

Gollhofer drehte das ganz große Rad. Als die Nachricht hereingekommen war, dass sich die Entführerin mit dem Kind womöglich in der aufgelassenen Zuckerfabrik in Bad Cannstatt versteckt hielt, trommelte er die gesamte Sonderkommission zusammen, alarmierte das SEK und bat den Präsidenten in die Einsatzzentrale – nicht um ihn um Rat zu fragen, sondern um ihm zu zeigen, wie souverän er die Maschinerie beherrschte.

«Und woher haben Sie den Verdacht, dass die junge Frau sich dort verbirgt?», fragte der Präsident.

«Eine Schlussfolgerung des Kollegen Gächter, aufgrund seiner Ermittlungen», sagte Gollhofer, und es war ihm nicht sehr behaglich dabei.

«Wenn ich mich recht erinnere, hatte ich angeordnet, Gächter ganz aus dem Fall rauszuhalten.»

«Na ja, er hat auf eigene Faust ...»

«Es gehört genau zu Ihren Aufgaben, so etwas zu verhindern», fuhr ihm der Präsident in die Parade.

Gollhofer nahm sich vor, dass ihm Gächter dafür büßen würde.

Patrick hatte sich in den Decken verkrochen und war vor Erschöpfung eingeschlafen. Mit seinem schokoladeverschmierten Mund sah er ein bisschen wie ein Clown aus.

Mascha schloss die Kammer sorgfältig ab und trat aus dem Gebäude, um Luft zu schöpfen. Sie streunte ein wenig auf dem Gelände herum und pflückte ein paar wilde Blumen und war schon wieder auf dem Weg zurück, als sie plötzlich aufhorchte. Autogeräusche, die näher kamen. Ihr Blick schärfte sich. Aufmerksam schaute sie sich um. Da sah sie ein Auto ohne Licht langsam am Rande des Fabrikgeländes vorbeirollen. Dann entdeckte sie ein zweites, in dessen Karosserieblech sich eine Straßenlaterne spiegelte. Mascha war schlagartig aufs höchste alarmiert. Sie rannte in die Backsteinruine, riss die Tür zur Heizungskammer auf und schrie: «Los, steh auf! Los, los, los, wach auf ... Mach schon!»

Sie raffte alles zusammen, was auf dem Boden herumlag, und stopfte es in die Plastiktüten.

Patrick kam nur mühsam zu sich. «Was ist los?»

Mascha zerrte ihn vom Boden hoch. «Wir müssen weg!» Sie schob ihn durch die Eisentür. Dabei fiel ihr eine der Plastiktüten hinunter. Sie bückte sich danach. Patrick sah es und be-

67

gann im gleichen Augenblick zu rennen. Mascha ließ alles fallen, was sie in den Händen hatte, und setzte ihm nach. Schon nach wenigen Schritten hatte sie ihn wieder eingefangen.

Patrick schrie: «Hilfe! Hilfe! Hiiiiilfe!»

Mascha warf ihn so heftig gegen die Wand, dass er für einen Augenblick das Bewusstsein verlor. Dann packte sie ihn im Genick und stieß ihn vor sich her zu dem Auto.

Der Junge wehrte sich nicht mehr. Er kletterte auf den Rücksitz, rollte sich zusammen und verdeckte sein Gesicht mit den Händen.

Die Sicherheitskräfte verteilten sich auf dem Gelände. Sie waren noch dabei, sich zu orientieren und ihre jeweiligen Positionen einzunehmen, als der Mazda durch das geschlossene Brettertor brach.

«Nicht schießen!», schrie Gollhofer in sein Funkgerät.

Mascha blendete voll auf und riss das Fahrzeug auf einen schmalen, grasüberwucherten Weg. Einen Polizeibeamten, der sich rasch noch die Zeit genommen hatte und nun an einer halb verfallenen Backsteinwand stand und pinkelte, überfuhr sie dabei um ein Haar. Der Grasweg führte auf eine steile Böschung zu.

«Festhalten!», schrie Mascha.

Mit Vollgas raste sie das steile Stück hinauf, das den Rand eines Autobahnzubringers bildete. Der Wagen machte, oben angekommen, einen Satz auf die Fahrbahn. Mascha riss das Steuer herum. Vorbeirasende Autos hupten wie verrückt. Die junge Frau zog den Mazda gerade und atmete aus. In ein Polizeiauto, das sie verfolgt hatte, raste ein Pkw hinein.

Patrick sagte: «Du bist auf der falschen Fahrbahn!»

Mascha zuckte zusammen. «Tatsächlich!» Sie bekam einen Lachanfall. Die entgegenkommenden Fahrzeuge hupten und blinkten. Mascha hörte nicht auf zu lachen, fuhr Schlangenlinien, blinkte ebenfalls und drückte auch voll auf die Hupe. Endlich kam ein Durchlass. Sie bremste scharf herunter und steuerte ihren Wagen auf die andere Fahrbahn. Dort klinkte sie sich in den Verkehr ein.

Mascha drehte sich zu Patrick um. «Na, was sagst du? Wie hab ich das gemacht?»

«Du spinnst!»

Gächter war bei den ersten Beamten, die in die Heizungskammer eindrangen. Die Spuren waren deutlich. Hier hatte Mascha Niebur das Kind festgehalten.

Gächter sah Gollhofer an. «Wie hat das passieren können?», fragte er, und man sah ihm an, wie sehr er sich beherrschen musste, um dem Kollegen nicht an den Kragen zu gehen.

«Irgendetwas muss uns verraten haben», sagte Gollhofer und wirkte dabei ziemlich schuldbewusst.

16 Etwa um die gleiche Zeit betrat Bienzle, Albert Horrenrieds Jagdwaffe locker in die Armbeuge gelegt, die Revierwache des Polizeipostens Heimerbach.

Der Dienst tuende Beamte schaute nicht auf, sondern sagte bloß brummig: «Jetzt kann ich nur für Sie hoffen, dass es wichtig ist!»

«Meinen Sie, ich kann das nicht selber beurteilen?», entgegnete Bienzle.

Jetzt erst schaute der Beamte auf und direkt in den Lauf der Waffe. In einer Reflexbewegung hob er beide Hände. Bienzle musste unwillkürlich lachen. Der Polizeiobermeister erkannte ihn.

«Ha, jetzt kann i gar nemme, dr Herr Bienzle. Sind Sie auf der Jagd bei uns?»

«Ich könnt auf kein Tier schießen», sagte Bienzle. Er musterte den Polizeibeamten mit zusammengekniffenen Augen. «Kennen wir uns?»

«Ich war bei Ihnen auf dem Lehrgang in Göppingen. Erich Bechtle. Ich hab damals mit einer Zwei abgeschlossen!»

«Bechtle, ja, natürlich kenn ich Sie ...» Bienzle erinnerte sich nur schemenhaft. «Ich muss eine Anzeige erstatten.»

«Doch net jetzt, mitte in der Nacht?»

Ja, richtig, daran erinnerte sich Bienzle nun doch wieder. Durch besonderen Fleiß war Bechtle nie aufgefallen. Dann schon eher durch überdurchschnittliche Intelligenz.

«Ja, sind Sie jetzt im Dienst oder nicht?», fragte Bienzle unwirsch.

«We mr's nimmt.» Bechtle seufzte. «Na gut, dann erzählet Se halt. Obwohl, am beschte dätet Sie doch selber glei a Protokoll schreibe, Sie könnet des sowieso besser als ich.»

Als Bienzle eine Stunde später in den kleinen Gasthof kam, saß Hannelore mit dem Wirt am Stammtisch und ließ sich Geschichten erzählen. «Warum hat das denn so lange gedauert?», fragte sie.

Bienzle bestellte sich einen Lemberger. «Ich hab ein Protokoll schreiben müssen.»

«Du selber, warum das denn?»

«Weil ich halt so gutmütig bin!»

17 Mascha fuhr einfach drauflos, ohne zu wissen, wohin. Patrick hatte sich zwar auf dem Rücksitz zusammengerollt, aber er schlief nicht. Schon bald hatten sie die Lichter der Stadt hinter sich gelassen. Bewusst fuhr Mascha auf den Nebenstrecken – kleinen Sträßchen, die durch verschlafene Dörfer führten.

Eine dumpfe Hoffnungslosigkeit erfasste sie. Sie hatte nicht lange nachgedacht. Sie hätte alles getan, um Joe freizubekommen. Und sie war sich auch ganz sicher gewesen, dass sie es schaffen würde. Schon deshalb, weil sie doch, wie sie glaubte, absolut im Recht war. Aber jetzt wuchs ihr alles über den Kopf.

«Wie heißt du eigentlich?», fragte Patrick plötzlich von hinten. Mascha konnte sich nicht erklären warum, aber sie war froh, die Stimme des Jungen zu hören.

«Mascha», sagte sie und wartete begierig auf seine nächste Frage. Doch Patrick sagte nur: «In meiner Klasse ist auch eine Mascha. Aber die ist ganz nett!»

Der Wagen rollte nun über ein gewundenes Sträßchen auf eine Kette kleinerer bewaldeter Berge zu. Die Regenwolken waren weitergezogen. Jetzt riss der Himmel auf und der Mond zeigte sich. Er tauchte die Landschaft in ein fahles weißliches Licht. Direkt voraus kam ein kastenförmiger Bau in Sicht. Offenbar der Rohbau einer großen Wohnanlage. Mascha beschloss, dorthin zu fahren. Wenigstens in dieser Nacht würde sie mit dem Jungen dort bleiben können.

Als Hannelore und Bienzle in ihr spartanisches Zimmer kamen, sagte Bienzle: «Also, ich bin rechtschaffen müde. Dabei war das doch eigentlich gar keine Wanderung, sondern nur ein besserer Spaziergang.»

Hannelore horchte noch dem ersten Satz nach. «‹Rechtschaffen müde›, das passt zu euch Schwaben. Erst recht schaffen und dann hat man das Recht, auch müde zu sein.»

«Ja, ja», sagte Bienzle gut gelaunt, «jetzt hast mich wieder amal erwischt. Und ich hab noch nicht mal den Gächter angerufen, ob was Wichtiges war.»

«Untersteh dich!», sagte Hannelore. «Lass ja das Telefon in Ruhe.»

«Das Schlimmste ist diese furchtbare Warterei», sagte um die gleiche Zeit Gächter. Er war nach dem missglückten Versuch, Mascha zu stellen und Patrick zu befreien, niedergeschlagen nach Hause gefahren. Kerstin hatte gemeint, er müsse versuchen, seine Schwester zu erreichen. Aber Günter Gächter gab sich selber noch eine Nacht Zeit.

Kerstin schüttelte den Kopf darüber. «Wenn etwas passiert, wird sie es dir nie verzeihen, dass du sie nicht zum frühestmöglichen Zeitpunkt angerufen hast!»

Gächter ging nicht darauf ein. «Der Bienzle hat sich auch nicht gemeldet und ich hab keine Ahnung, wo ich ihn suchen soll.»

«Was hat denn der Bienzle damit zu tun?»

«Nichts, aber mir wäre verdammt viel wohler, wenn er jetzt in meiner Nähe wäre.»

«Wir haben Glück», sagte Mascha und stieg aus dem Auto. «Die Baustelle ist gar nicht in Betrieb, so wie's aussieht. Eine Neubauruine.»

«Eine was?» Patrick hatte das Wort noch nie gehört. Er war müde aus dem Auto gekrochen und hatte sich umgesehen. Die hohen Häuser mit ihren schwarzen Fensterhöhlen machten ihm Angst. «Müssen wir hier bleiben?», fragte er.

«Nicht lange. Los, hilf mir mal.» Sie hob die rot-weiß gestrichenen Latten, mit denen die Einfahrt zur bereits fertig betonierten Tiefgarage abgesperrt war, aus ihren Verankerungen. Patrick half ihr. Dann fuhren sie in die unterirdische Halle. Das Fahrzeug stellte Mascha hinter einem Anhänger ab, den die Bauarbeiter wohl vergessen hatten.

Auch die Kellerräume waren schon weitgehend fertig gestellt und mit Lattentüren versehen. «Hier machen wir uns ein Lager», sagte Mascha.

«Ich will nicht hier bleiben.»

«Du hast keine andere Wahl», sagte Mascha. «Ich muss dich sogar fesseln, damit ich in Ruhe telefonieren gehen kann.»

«Und wenn ich verspreche, dass ich nicht weglaufe?»

«Würdest du das an meiner Stelle glauben?»

«Ich weiß ja gar nicht, um was es geht», sagte der Junge altklug.

«Pass auf, ich erklär's dir: Der Joe, das ist mein Freund, den haben sie verhaftet und ins Gefängnis gesperrt. Aber er hat gar nichts getan ...»

«Ich hab aber auch gar nichts getan», sagte Patrick dazwischen.

«Na gut und du bist trotzdem gefangen. Dein Onkel will dich wieder freikriegen. Genau so, wie ich den Joe freikriegen will.»

Sie entrollte einen Schlafsack, den sie aus dem Kofferraum des Autos genommen hatte. Jürgen hatte immer alles in seinem Wagen, um jederzeit *«on the road»* gehen zu können, wie er das nannte.

«Ich muss dir die Hände und die Füße zusammenbinden. Und dann stecken wir dich am besten in den Schlafsack, damit du's warm hast. Ich bin garantiert nicht länger als eine Stunde fort.»

Zwanzig Minuten später betrat Mascha eine kleine Kneipe. Sie ging direkt zum Tresen und bestellte ein Apfelsaftschorle. Es waren fast nur Männer in dem Lokal, und alle schauten sie an. Mascha war ein schönes Mädchen. Sie hatte eine schlanke Figur und sie machte keinen Hehl daraus. Ihre knappen Jeans und das T-Shirt, unter dem sie nichts trug als ihre Haut, verbargen nur wenig. Die leisen Pfiffe und Zungenschnalzer der Männer nahm sie kaum wahr.

Ein junger Mann kam an den Tresen. «Apfelsaftschorle – kannste doch auch zu Hause trinken ... Ich lad dich zu was Besserem ein! Übrigens, ich bin der Harry.»

Mascha sah ihn an. «Sag mal, Harry, hast du ein Handy?»

«Na klar, was denkst denn du?»

«Gibst du's mir mal?»

Aus dem hinteren Teil des Lokals rief ein anderer junger Mann: «Und nachher ruft sie in Tokio an und du hast es auf deiner Telefonrechnung!»

Ein dritter stand auf, kam an den Tresen und reichte Mascha ein Telefon. «Da, du kannst meins haben!»

«Lass mal die Lady in Ruh, ich mach das schon», sagte Harry. Er zog sein Handy heraus und sagte zu Mascha: «Wen soll ich anrufen?»

Mascha nahm ihm das Telefon aus der Hand. «Selber groß!» Sie ging vor die Tür.

Einer der Männer rief Harry zu: «Das Handy siehst du nie wieder!»

Gächter hatte sich gerade ein wenig hingelegt, als der Anruf kam. Er wartete, bis die Kollegen alles vorbereitet hatten, und hob dann ab.

Mascha legte gleich los. «Haben Sie jetzt gesehen? So leicht kriegt ihr mich nicht. Scheiße, ich mein's ernst. Wenn Sie den

Patrick lebend wieder sehen wollen, muss Joe morgen freikommen.»

«Ja, das hab ich verstanden. Ich will's versuchen», sagte
Gächter. «Aber ich will ein Lebenszeichen von Patrick.»

«Der schläft», tönte Maschas Stimme aus dem Telefon.
«Aber es geht ihm gut. Joe hat diesen Lohmann nicht umgebracht. Er sitzt unschuldig. Holen Sie ihn da raus, dann kriegen Sie auch Ihren Neffen wieder. Verstanden?»

«Ja», sagte Gächter. «Vielleicht weiß ich einen Weg. Ich
werd alles tun ... Ich krieg das hin, verlassen Sie sich drauf!»

Auf der anderen Seite wurde aufgelegt. Tränen schossen
Günter Gächter in die Augen. Ein leises, trockenes Schluchzen schüttelte ihn.

Kerstin trat zu ihm und legte ihre Hände auf seine Schultern. «Hast du irgendeine Idee?»

Gächter gab sich einen Ruck, stand auf und wandte sich zu
Kerstin um: «Ja, die habe ich!»

Mascha kehrte in die Kneipe zurück, warf mit einem «Hepp!»
Harry sein Telefon zu, ging zum Tresen, stürzte die Apfelsaftschorle hinunter und sagte: «Ich war ja eingeladen, oder?»

Und schon verließ sie wieder das Lokal. Harry und die anderen starrten ihr einigermaßen perplex hinterher.

Als sie in den Keller der Neubauruine zurückkehrte, kroch
sie zu Patrick in den geräumigen Schlafsack, zog den Jungen
an sich und sagte: «Jetzt schlafen wir einfach ein paar Stunden
und denken an gar nichts.»

18 Es war schon kurz nach zehn Uhr, als Albert Horrenried wieder nach Hause kam. Inge hatte immer wieder versucht, Winni zu erreichen, aber er war nicht ans Telefon gegangen. Die übrige Zeit hatte sie genutzt, um lange heiß und kalt zu duschen und sich anzuziehen. Und dann hatte sie damit begonnen, die wenigen Dinge, die ihr gehörten, in ein paar Koffer zu packen.

Albert sah sie nicht an. Er wollte gleich weiter in sein Arbeitszimmer.

Inge hielt ihn auf. «Wo ist dein Gewehr?»

«Keine Angst, deinen Lover hab ich nicht erschossen!»

Inge machte noch einen letzten Versuch. «Albert ...», sagte sie ernst und bittend.

Aber er ließ sie nicht weitersprechen. «Vergiss es», sagte er dumpf, «vergiss überhaupt alles. Und glaub ja net, dass du bei mir noch was erben kannst! Noch heut Nacht schreib ich ein neues Testament!»

Damit verschwand er in seinem Arbeitszimmer.

Dort setzte er sich an den großen Schreibtisch. An dem hatte schon sein Vater gearbeitet.

Der alte Kurt Horrenried war ein Mann gewesen, der niemanden neben sich hatte gelten lassen. Seine zwei Söhne waren beide nicht so geraten, wie er sich das gewünscht hatte. Martin, der ältere, hatte nur die Musik im Kopf. Wahrscheinlich das mütterliche Erbteil. Kurt hatte seine Frau geliebt. Ihre Vorliebe für die Musik, die Literatur und das Theater hatte er ihr großzügig nachgesehen und er reagierte besonders barsch, wenn er von jemandem darauf hingewiesen wurde, dass dies keineswegs Dinge waren, die man jemandem nachsehen musste. Weitere Diskussionen lehnte er ab. Aber als sein großer Sohn sich mit der gleichen Inbrunst auf die Musik warf wie seine Frau, war Schluss mit seiner Nachsicht. Dabei wäre

Martin vielleicht ein brauchbarer Mensch geworden, er liebte, wie der Vater, das Holz, aber größer war seine Liebe zur Musik und das hatte ihm der Alte nie verziehen.

Albert, der jüngere, war aufbrausend und nur schwer zu bändigen. Mindestens zweimal in der Woche hatte der Vater mit dem Erziehungsheim gedroht, was dem jüngeren Sohn nur ein abschätziges Lachen entlockte. Nach und nach wuchs Albert zu einem handfesten Kerl heran, raufte gern, konnte aber nicht verlieren. Und er schlug alles über den gleichen Leisten: «Was bringt mir das? Was nutzt mir das? Was hab ich davon?» Er liebte niemanden – nicht einmal seine Mutter und schon gar nicht seinen älteren Bruder, den er schon als Junge immer nur den «Spinner» nannte.

Albert Horrenried sah zu dem Bild des Vaters hinauf, das in einem ovalen Rahmen über dem alten englischen Schreibtisch hing. Kurt hatte das schöne Stück aus der Konkursmasse eines kleinen Möbelfabrikanten an sich genommen. Geld war da sowieso nicht mehr zu holen gewesen.

Vielleicht wäre ja alles anders gekommen, wenn der Vater seinen jüngeren Sohn angenommen hätte. Wenn er nur einmal den Arm um seine Schultern gelegt, ihn an sich gezogen und ihm zugehört hätte. Albert hatte immer schon Ideen, Pläne, Perspektiven gehabt. Aber wann hatte der Alte schon mal zugehört? Nur was er selber sagte, galt.

Inzwischen hatte Albert bewiesen, dass seine Ideen etwas taugten. Und wenn etwas seinen Stolz trübte, dann war es die Tatsache, dass der Vater das alles nicht mehr erleben konnte. Denn eigentlich hatte er immer nur eins gewollt: Der Alte sollte kapieren, was er an seinem Sohn hatte.

Ach was, das war alles vorbei. Verlorene Zeit. Der Schnee längst vergangener Jahre. Sein gebildeter Bruder hätte gesagt: «Tempi passati.»

Nicht dass Albert Horrenried so ein Wort nicht verstanden hätte. Er war ja in der Welt herumgekommen. Aber er hätte es nie benutzt, weil er sich dabei wie ein Angeber vorgekommen wäre. Bei Martin war das etwas anderes. Bei dem wirkten solche Sprüche natürlich.

Albert Horrenried zog ein Blatt Papier mit seinem persönlichen Briefkopf aus der obersten Schublade des Schreibtisches, legte es auf die grüne Lederauflage, schraubte den Füllfederhalter auf und schrieb in großen Druckbuchstaben: «Mein letzter Wille.»

Doch dann griff er erst noch einmal zum Telefon und drückte auf eine Wahltaste. Die Nummer von Hajo Schmied hatte er einprogrammiert.

Der Jagdfreund meldete sich mit verschlafener Stimme.

Albert sagte: «Hajo? Ich bin's, der Albert. Hast du schon geschlafen? ... Ach ja, den Stammtisch hab ich total vergessen ... Ich schreib grade mein Testament. Es geht alles an den Jagdverein zu deinen Händen», er lachte kurz auf. «Aber nicht, dass du mich bei der nächsten Saujagd versehentlich triffst ... Ich hätte das schon längst machen sollen. Warum, warum? Dir kann ich's ja erzählen ...»

Und nun vertraute er seinem besten und vielleicht einzigen Freund an, was ihm die Inge angetan hatte. Dieses Luder, das er aus dem Dreck gezogen hatte, die ihm hätte dankbar sein müssen bis an ihr Lebensende. Sogar geheiratet hätte er sie. Und das wär für so eine doch was gewesen. Frau Sägewerksbesitzerin. Da, wo die herkam. Aber statt ihm dankbar zu sein, betrog sie ihn mit dem eigenen Neffen.

«Das muscht du dir amal vorschtella – mit dem Winni, diesem Versager ... Gut, er ist jung, und wahrscheinlich ischt er ja ein Hirsch im Bett. Aber des muss doch so eine wissen, was sie damit aufs Spiel setzt ...»

Hajo hörte geduldig zu. Wann offerierte einem schon mal der reichste Mann im Dorf sein ganzes Vermögen? Okay, es sollte an den Jagdverein gehen, aber zu seinen, Hajo Schmieds, Händen. Da konnte man was draus machen, wenn's einmal so weit war. Und bei Alberts vielen Krankheiten und der Art und Weise, wie er mit seiner Gesundheit Raubbau trieb …

Jedenfalls sagte Hajo Schmied, um den Freund zu bestätigen: «Also, des dät ich mir von dera au net g'falle lasse!»

Nachdem er aufgelegt hatte, schrieb Albert Horrenried sein Testament in einem Zug. Das frühere zerriss er, legte die Fetzen in den großen Aschenbecher und zündete sie an. Er schaute in die schnell herabbrennende Flamme.

Plötzlich hörte er Geräusche von der Werkhalle her. Das klang alarmierend. Kreischendes Metall, das unter größter Anspannung riss. Das kannte er. So klang es, wenn Sägeblätter barsten, weil sie auf einen Stein oder ein Stück Eisen trafen. Dann das Rattern, das sich anhörte, als ob alle Maschinen in seiner Halle auf einmal angeworfen worden wären.

Albert Horrenried sprang auf. Spielte womöglich die Inge verrückt? Zuzutrauen war's ihr. Er schloss das Testament in die Schreibtischschublade und versenkte den Schlüssel in seiner Jacke. Aber er zog die Jacke nicht mehr an. Ein greller Lichtblitz hinter den Fenstern seiner Werkhalle erschreckte ihn so, dass er sofort losrannte. Er nahm kaum wahr, dass Inge Kranzmeier im Wohnzimmer saß.

Als Albert Horrenried das Zimmer durchquert hatte, machte Inge einen neuen Versuch, Winfried zu erreichen. Diesmal, endlich, meldete er sich. Sie erzählte ihm sofort alles, was sie am Abend durchgemacht hatte, mit atemloser Stimme.

«Bitte komm sofort, Winni», schloss sie, «hol mich hier raus. Ich bleib keine Stunde mehr unter seinem Dach.»

Winfried Horrenried versuchte, seiner Stimme einen ruhigen Klang zu geben. «Jetzt beruhig dich . . . Ich versteh dich ja . . . Ich komm auch, aber nicht jetzt gleich. Der schlägt mich doch tot. Geh ins Gästezimmer, versuch zu schlafen. Ich komm ganz früh morgens, sobald er die Wohnung verlassen hat. Wo ist er denn jetzt . . .?»

«Ich weiß nicht», Inge Kranzmeier horchte nach den Geräuschen, die aus der Werkhalle zu ihr heraufdrangen, «er tobt unten in der Halle rum. Ich sag dir, der Mann ist nicht mehr zurechnungsfähig.»

Albert Horrenried bot sich ein chaotisches Bild, als er das Tor zu der lang gezogenen Halle aufschob. In der Gattersäge steckte einer der teuren Eichenstämme. Am Fuß war eine Eisenklammer hineingehämmert worden, die alle Sägeblätter zum Bersten gebracht hatte. Der elektrische Schaltkasten war umgestürzt. In der Räppelmaschine kullerten Kiesel, die von den Schneidemessern hochgewirbelt wurden.

Plötzlich verstummten die Maschinen. Das Licht erlosch. Albert Horrenried blieb stehen. Er horchte. Leise Schritte waren zu hören.

Albert schaltete das Licht wieder ein. «Zeig dich, du Sau!», schrie er.

Das Licht ging wieder aus. Dann hörte man das Kreischen der Bandsäge, deren Sägeblatt ebenfalls durch ein Metallteil zum Bersten gebracht wurde. Und wieder kehrte Ruhe ein.

Albert Horrenried jagte durch seine Werkhalle. Alle diese Maschinen hatte er angeschafft. Auf jede einzelne war er stolz gewesen. Es hatte gedauert, bis er halbwegs konkurrenzfähig gewesen war, und dann nochmal eine Zeit, bis er den anderen überlegen war. Und jetzt, da er es endlich geschafft hatte, zerstörte einer alles!

Er griff nach einer Latte. Wie von Sinnen raste er die Eisentreppe an der Gattersäge hoch, sprang auf den Steg hinüber, der zum Transportband für die fertigen Bretter führte, ließ sich wieder hinunterfallen auf den Betonboden, federte ab und nahm Schwung auf, um mit einer Flanke über die Schälmaschine zu springen. Er musste den Vandalen kriegen, der hier alles vernichten wollte.

«Dich bring ich um!», brüllte er in die Halle hinein. «Zeig dich, du Feigling! Komm raus!»

Und plötzlich stand er ihm gegenüber. Der andere hatte eine Eisenstange in der Hand.

«Du?» Mit ihm hatte Albert Horrenried nicht gerechnet.

Im gleichen Augenblick traf ihn die Eisenstange. Er sackte in die Knie und verlor das Bewusstsein.

Punkt sieben Uhr am nächsten Morgen schob einer von Albert Horrenrieds Arbeitern das Tor zur Halle auf und blieb entsetzt stehen. «Ja, sag mal, was ist denn da passiert?»

Ein anderer rief: «Das gibt's doch nicht!»

«Los, einer muss den Chef holen», schrie ein dritter aufgeregt.

Aber statt Horrenried meldete sich nur Inge Kranzmeier über die Gegensprechanlage. «Was ist denn?»

«Der Chef muss sofort kommen», rief der Arbeiter, der geklingelt hatte.

«Ja, ist der denn nicht unten? Hier ist er nicht!»

«Ja, dann kommen halt Sie», sagte der Arbeiter.

Die Männer machten sich daran, halbwegs wieder Ordnung zu schaffen. Manche Maschinen konnte man reparieren, andere würden erst mal eine ganze Zeit nicht zu gebrauchen sein und wieder andere mussten bestimmt durch neue ersetzt werden.

Inge erschien fünf Minuten später in der Halle. Sie sah müde und übernächtigt aus. Ihre Haare waren noch nicht gekämmt und sie hatte auch noch kein Make-up aufgetragen. Ratlos starrte sie auf das Chaos.

Zwei Männer hatten damit begonnen, mit einem Schlauch die Sägespäne abzusaugen, die noch am Vortag zu einem gut zwei Meter hohen Haufen im hinteren Teil der Halle zusammengekehrt worden waren. Ein starkes Gebläse transportierte das Sägemehl direkt auf die Ladefläche eines Lastwagens, der draußen vor der Halle stand.

Der Haufen verringerte sich rasch, bis plötzlich einer der Arbeiter rief: «Halt, stopp! Stopp, hab ich gesagt! Da liegt einer ... Um Gottes willen, das ist ja der Chef! Stopp! Abschalten ...!»

Endlich verstummte das Gebläse.

Nacheinander verließen die Arbeiter ihre Maschinen, andere kamen neugierig von draußen herein.

Inge rief: «Was ist denn passiert?»

Die Arbeiter wichen zurück. Der Blick auf den Sägemehlberg wurde frei. Nur der Kopf Albert Horrenrieds schaute heraus. Seine offenen Augen waren nicht zu sehen, weil sie mit Sägespänen verklebt waren, ebenso sein Mund und die Nasenlöcher. An der Schläfe klebte Blut.

Inge starrte auf den toten Mann hinab. Plötzlich wandte sie sich ab und ging, ohne jemanden anzusehen, aber auch ohne erkennbare Erregung durch das große Tor hinaus und verschwand draußen im hellen Morgenlicht.

19 Gächter ging ungern in die Pathologie. Er mochte den Geruch nicht, aber noch weniger mochte er Dr. Kocher, der dort der unumschränkte Herrscher war. Der Leichenkocher, wie er unter den Kollegen genannt wurde, ließ jeden Polizisten spüren, dass er Akademiker war und zu einer anderen Klasse gehörte. Nur bei Bienzle machte er eine Ausnahme. Aber Bienzle war ja nicht da.

«Ich denke, der Herr Gollhofer leitet die Ermittlungen», begrüßte ihn Kocher.

«Sagen Sie mir trotzdem, was Sie rausgekriegt haben?», bat Gächter.

Kocher deckte die Leiche auf. «Und ich hab denkt, Sie haben grad andere Sorgen. Das mit Ihrem Neffen tut mir wirklich Leid!»

Gächter sagte nichts dazu.

Kocher erklärte: «Der Lohmann hat die Schere in den Rücken bekommen, aber der Täter oder die Täterin stand nicht hinter ihm.»

«Hä?»

Kocher gefiel die Ratlosigkeit des Kommissars. «Nein. Die Schere ist schräg von der Seite eingedrungen – sonst hätte sie im Übrigen vielleicht auch das Herz gar nicht erreicht.»

«Und was bedeutet das?»

«Ja, so komisch es klingt: Der Täter stand vermutlich vor dem Opfer ... Passen Sie auf, so ...» Kocher trat dicht vor Gächter hin und stand nun Brust an Brust vor ihm. Er musste schon zum Frühstück Knoblauch gegessen haben, was Gächter die Nähe noch unangenehmer machte. «So etwa.» Kocher fasste mit einer Hand um Gächter herum.

Gächter trat einen Schritt zurück. «Da muss man aber tatsächlich sehr dicht beieinander stehen ... oder liegen ...»

Kocher verstand nicht gleich. «Wieso liegen?»

83

«Könnte es sein, dass der Täter – oder in dem Fall vielleicht eher die Täterin – unter seinem Opfer gelegen hat?»

Kocher musterte Gächter und dachte angestrengt nach. «Ja, das könnt sogar sehr gut sein ... Sie meinen ...»

«Ich meine gar nichts», unterbrach ihn Gächter, «und vor allem, ich kann das jetzt grade überhaupt nicht brauchen.»

«Das versteh ich nicht», sagte Kocher.

«Könnten Sie das alles auch erst morgen rausgekriegt haben?»

Jetzt reagierte Kocher noch verständnisloser. «Sonst kann's Ihnen doch auch nie schnell genug gehen!»

«Passen Sie auf, ich erklär's Ihnen ...»

Kocher konnte die Formulierung «Passen Sie auf» nicht leiden und konterte in solchen Fällen sonst stets: «Ich pass immer auf.» Aber jetzt hörte er doch mit zunehmendem Interesse zu.

Keine Dreiviertelstunde später stieg Gächter aus dem Aufzug im Bürogebäude an der Lautenschlagerstraße. Schon im Korridor hörte er Gerry Adlers Stimme. Die Tür stand offen.

«Also, das ist doch nicht *mein* Problem, wenn Sie den Vertrag nicht lesen», er lachte vollfett, «so klein ist das Kleingedruckte dann auch wieder nicht geschrieben ...! Da steht es schwarz auf weiß: ‹Bleibt der Pächter mehr als sechs Wochen mit seinen Miet- oder Ratenzahlungen im Verzug, fällt das Objekt ohne irgendwelche Kosten für den Verpächter an diesen zurück› ... Wir haben das grade auch bei jemand anderem durchexerziert! ... Vorsicht, mein Lieber, Vorsicht! Ich hab Sie schneller wegen übler Nachrede und Geschäftsschädigung am Kanthaken, als Sie denken.»

Gerry Adler legte auf und lachte zufrieden in sich hinein. Er sah erst auf, als er Gächters Stimme hörte:

«Herr Adler, ich nehme Sie vorläufig fest, wegen des Verdachts, Ihren Partner Siegfried Lohmann ermordet zu haben. Alles, was Sie ab jetzt sagen, kann gegen Sie verwendet werden ... Es steht Ihnen frei, einen Anwalt hinzuzuziehen.»

Gerry starrte Gächter an, schüttelte sich wie ein nasser Hund und sagte leise: «Jetzt nochmal langsam zum Mitdenken ...»

«Alles, was Sie ab jetzt sagen, kann gegen Sie verwendet werden. Kommen Sie!»

«Sind Sie am frühen Morgen schon besoffen, oder was?»

«Irgendwer wird Ihnen die Sachen bringen können, die Sie brauchen. Im Zweifel Frau Lohmann. Sie ist ja wohl Ihre Geliebte. War sie eigentlich dabei, als Sie ihn umgebracht haben?»

Langsam wurde Gerry Adler klar, dass Gächter es ernst meinte. Er stieß seinen Bürostuhl zurück und stand auf. «Jetzt hören Sie mir mal gut zu, Kommissar ... äh ...»

«Gächter.» Er machte die Tür in seinem Rücken auf, wo zwei Beamte der Schutzpolizei warteten, und sagte: «Abführen. Und Handfesseln anlegen. Der Mann ist gefährlich.»

20 Bienzle wachte an diesem Morgen erst um halb neun auf. Das schrieb er der guten Landluft und dem schweren Wein vom Vorabend zu. Hannelore war offenbar längst aufgestanden. Bienzle krabbelte aus dem Bett. Auf dem Fensterbrett lag sein Telefon. Er nahm es und wählte seine Mailbox an.

Als er zehn Minuten später frisch rasiert ins Frühstückszimmer des kleinen Gasthofs trat, saß Hannelore schon an einem

Tisch und las Zeitung. Sie sah auf und erkannte sofort, dass etwas Schlimmes passiert sein musste. «Was ist?», fragte sie.

«Gächters kleiner Neffe ist entführt worden. Von der Freundin Joe Kellers. Sie will ihn freipressen.»

Hannelore faltete die Zeitung zusammen. «Wir fahren also nach Stuttgart zurück.» Es war mehr eine Feststellung als eine Frage.

Bienzle nickte. «Ich kann doch jetzt nicht Urlaub machen und den Gächter alleine lassen.»

In jedem anderen Fall hätte Hannelore protestiert. Warum musste sich Bienzle für unersetzlich halten? Dafür gab es keine vernünftigen Gründe. Aber Gächter war sein Freund und er war auch ihr Freund. Also stand sie auf und sagte: «Ich geh packen.»

Just in diesem Moment wurde die Tür aufgerissen und der Polizeiobermeister Bechtle stürmte herein. «Des ischt gut, dass Sie noch da sind. Wir haben einen Mord. Drunten im Sägwerk. Der Albert Horrenried. Sie sollen die Ermittlungen leiten.»

Bienzle und Hannelore starrten den Beamten an. «Wer sagt das?», fragte Bienzle.

«Grad ist es übers Faxgerät gekommen. Der Präsident vom Landeskriminalamt und der Stuttgarter Polizeipräsident haben sich scheints darauf geeinigt.»

«Und da muss man dich gar nicht erst fragen, oder was?», sagte Hannelore.

«Woher wissen die überhaupt, dass ich hier bin?»

Bechtle bekam sofort ein schlechtes Gewissen. «Hano, ich hab die das wissen lassen. Es gibt doch niemand, der das besser kann als Sie. Und wenn man Sie schon mal hier hat ...» Er ließ den Satz in der Luft hängen und machte eine Geste, die seine vermeintliche Hilflosigkeit ausdrücken sollte.

Bienzle schickte Bechtle ungnädig weg. Danach wählte er Gächters Handynummer. Die Stimme des Freundes klang seltsam fremd. Leider habe er erst jetzt seinen Anrufbeantworter abgehört, sagte Bienzle. Er wäre sonst sofort gekommen.

«Lass mal, ist vielleicht besser so», sagte Gächter unbestimmt.

Bienzle war ein wenig verschnupft. «Und warum ist das besser so?»

«Es gibt eben Dinge, in die möchte ich dich nicht hineinziehen, Ernst.»

Nachher sagte Bienzle zu Hannelore: «Das klingt alles gar nicht gut. Ich habe das Gefühl, der Gächter hat etwas vor, was ihn gewaltig in Schwierigkeiten bringen kann.»

«Klingt ein bisschen unbestimmt», sagte sie.

«Es ist ja auch nur ein Gefühl.»

Bechtle steckte nochmal den Kopf durch die Tür. «Kommen Sie? Ich steh draußen mit laufendem Motor.»

«Jetzt frühstücke ich erst einmal», sagte Bienzle. «Fahren Sie ruhig schon voraus. Mit leerem Mage kann i net schaffe!»

21 Mascha und Patrick hatten lange geschlafen. Als sie fast gleichzeitig aufwachten, mussten sich beide erst einmal orientieren. Patrick gelang das schneller. Er wollte aus dem Schlafsack krabbeln und merkte dabei erst, dass er ja noch immer an Händen und Füßen gefesselt war.

«Du kannst vielleicht schlafen!», sagte Mascha.

«Darf ich jetzt zu Onkel Günter?», fragte der Junge und versuchte die Fesseln von seinen Handgelenken abzustreifen.

«Kann sein, dass das heute klappt.» Mascha stieg aus dem Schlafsack.

Gächter stand um die gleiche Zeit ungeduldig wartend vor dem Justizgebäude in der Urbanstraße. Endlich rollte ein Polizeibus heran. Zwei Beamte führten Joe Keller zum Eingang. Seine Blicke trafen sich mit denen Gächters. Der Kommissar nickte dem jungen Mann unmerklich zu. Im gleichen Augenblick fuhr ein Personenwagen heran. Dr. Kocher stieg aus. Er war als Zeuge geladen.

«Gut, dass ich Sie treffe», sagte er zu Gächter. «Ich kann mit dem besten Willen meine Untersuchungsergebnisse nicht mehr zurückhalten.»

«Eine Stunde noch, Herr Dr. Kocher. Bitte!»

Kocher schüttelte energisch den Kopf. «Die Spurensicherung ist mit ihrem Bericht fertig. An Lohmanns Hemd wurden Spuren von einem Mohairpulli gefunden. Mascha Niebur hat einen Mohairpulli getragen! Soll ich Ihnen jetzt noch einmal genau schildern, wie sich der Mord abgespielt hat ...?»

«Gibt's schon einen schriftlichen Bericht?»

«Ich glaube nicht», sagte Kocher.

«Gut, dann warten wir den noch ab.»

«Und was versprechen Sie sich davon?»

«Dass das Mädchen nicht vollends durchdreht, solang sie das Kind noch in ihrer Gewalt hat!»

Kocher sah Gächter nachdenklich an. Er konnte sich ungefähr vorstellen, was in dem Kollegen vorging. «Na gut», sagte er schließlich.

«Danke!» Gächter ging in das Gerichtsgebäude hinein.

Richter Hasenblatt, Staatsanwalt Roller und eine Protokollführerin saßen im Richterzimmer um den Besprechungstisch.

Gächter lehnte an der Fensterbank. Er war aufgefordert worden darzulegen, warum er Gerry Adler festgenommen hatte.

Gächter zählte an den Fingern ab: «Er hat ein Verhältnis mit Frau Lohmann, er kassiert eine Lebensversicherung von 500 000 Mark – die Lebensversicherung von Frau Lohmann nicht mitgerechnet. Er wird alleiniger Chef der Firma. Und er hatte die Gelegenheit, den Mord zu begehen: Adler wurde auf dem Weg in Lohmanns Büro gesehen, bevor Joe Keller kam und nachdem Mascha Niebur gegangen war ...»

«Und warum hat dann Joe Keller die Schere abgewischt?», fragte der Staatsanwalt.

«Die einzigen Zeugen dafür sind Adler und Frau Lohmann. Und wenn sie nicht lügen, gibt es eine Erklärung: Zwanzig Minuten zuvor war bekanntlich seine Freundin Mascha Niebur bei Lohmann gewesen. Als Joe Keller die Schere in der Leiche entdeckte, musste er doch annehmen, dass seine Freundin Lohmann umgebracht hatte.»

Der Richter nickte: «Das alles entbehrt nicht einer gewissen Logik.»

Der Staatsanwalt wendete ein: «Herr Gächter hat ein großes Interesse daran, dass Keller freikommt. Kellers Freundin hat schließlich das Kind in ihrer Gewalt und wird es erst herausgeben, wenn ihr Freund frei ist.»

Gächter stieß sich vom Fensterbrett ab und fixierte Staatsanwalt Roller böse. «Heißt das, Sie messen meinen Ermittlungsergebnissen weniger Bedeutung bei, weil Sie glauben, ich vertrete meine eigenen Interessen?»

«Das ist immerhin ein interessanter Gedanke», sagte der Richter.

«Ich möchte jedenfalls nicht in Ihrer Haut stecken, wenn sich Ihre Einschätzungen als Fehler erweisen», bellte der Staatsanwalt.

89

Richter Hasenblatt sagte: «Wenn wir Herrn Gächters Gedanken erst mal folgen, könnten wir Johannes Keller auf freien Fuß setzen. Als Folge davon müsste das Kind auch freikommen. Und Joe Keller würde die Polizei vielleicht zu der Kidnapperin führen …»

«Das ist mir alles zu unsicher.» Der Staatsanwalt schüttelte zweifelnd den Kopf. «Und was ist, wenn wir einen Mörder laufen lassen?»

«Wir lassen ihn keinen Moment aus den Augen», sagte Gächter.

Der Staatsanwalt blieb skeptisch. «Garantieren *Sie* mir, dass es ihm nicht gelingt, sich abzusetzen?»

«Nein! Das kann Ihnen niemand garantieren!»

«Es wäre eine Güterabwägung», sagte der Richter.

«Es ist eine Chance», gab Gächter zurück.

Staatsanwalt Roller schaute den Richter an. «Am Ende ist es Ihre Entscheidung. Und Ihre Verantwortung!»

Der Richter nickte lächelnd. «Das ist richtig.» Er drückte auf den Knopf einer Gegensprechanlage. «Führen Sie Herrn Keller bitte vor.»

Ein Justizvollzugsbeamter brachte Joe herein.

Hasenblatt wandte sich dem jungen Mann freundlich zu. «Nehmen Sie bitte Platz, Herr Keller …»

Joe setzte sich auf die vordere Kante eines Stuhls. Gächter wollte hinaus, aber der Richter hielt ihn auf: «Sie können ruhig dableiben, Kommissar Gächter.» Dann sah er wieder Joe Keller an. «Sie wissen, was Ihnen vorgeworfen wird, Herr Keller?»

«Ja, sicher. Ich habe das halbe Kabinett geschmiert, um an diverse Staatsaufträge heranzukommen. Seitdem essen im Landtag alle meine Currywurst.»

Der Richter antwortete, ohne mit der Wimper zu zucken.

«Ja, so ähnliche Fälle hatten wir auch schon – aber da wurde niemand ermordet. Was sagen Sie zu dem Vorwurf, Siegfried Lohmann umgebracht zu haben?»

«Ich war's nicht. Und das sag ich nach bestem Wissen und Gewissen, Hohes Gericht.»

«Wenn wir Sie auf freien Fuß setzen, Herr Keller, dann nicht, weil es Ihrer Freundin gelungen ist, uns zu erpressen. Der Staat lässt sich nicht erpressen.»

Joe hatte nun schon Oberwasser. «Ehrlich gesagt, mir ist es egal, warum.»

Als Joe Keller vierzig Minuten später das Justizgebäude als freier Mann verließ, stand Günter Gächter auf der gegenüberliegenden Straßenseite hinter dem dicken Stamm einer mächtigen Kastanie vor der Staatsbibliothek. Er war froh, dass es zu einer Zeugenaussage des Gerichtsmediziners Kocher gar nicht erst gekommen war.

Gächter hielt Blickkontakt zu einigen Kollegen, die unauffällig Posten bezogen hatten. Alle Beamten hatten Krawattenmikrofone und kleine Empfänger im Ohr.

Jetzt sagte Gächter leise zu seiner Krawatte: «Das ist er!»

Joe Keller trat durch die Drehtür aus dem Gerichtsgebäude und sah sich aufmerksam um. Zwei Männer lösten sich aus ihrer Lauerstellung und wurden zu flanierenden Passanten. Joe machte sich auf den Weg. Er schlenderte zwischen Staatsbibliothek und Kronprinzenpalais auf die Bogenbrücke zu, die in den Schlosspark hinüberführte. Er ging über die Brücke. Die observierenden Beamten blieben geschickt auf Distanz. Joe durchquerte den Schlossgarten. Am Königsbau blieb er kurz stehen, wie um sich zu orientieren. Dann ging er schnell durch die Säulenpassage und betrat vor der Hauptpost eine Telefonzelle.

Mascha und Patrick waren die vielen Treppen zum obersten Stockwerk des kahlen Betonbaus hinaufgeklettert. Von hier hatte man einen wunderbaren Blick über Weinberge, Baumwiesen und die Waldränder an den oberen Kanten der steilen Hänge. Sie hatten gerade begonnen, Kekse und Schokoriegel mit Cola zu frühstücken, als tief in Maschas Jacke ein Handy klingelte.

Patrick sah sie überrascht an. «Du hast ein Handy?»

«Ja, was hast denn du gedacht?»

«Aber du bist doch zum Telefonieren weggegangen.»

«Hast du denn nicht gewusst, dass man auch Handys orten kann?» Inzwischen hatte Mascha das Gerät herausgekramt und meldete sich: «Ja?» Dann stieß sie einen ungeheuren Jubelschrei aus. «Joe!»

Die beiden Polizeibeamten beobachteten Joe vom Eingang zum Marquardtbau aus in der Telefonzelle. Er sprach nur kurz und legte dann wieder auf. Vermutlich habe die Zielperson Kontakt zu der Entführerin aufgenommen, gab einer der Polizisten an die Zentrale durch.

Joe verließ die Telefonzelle und ging zur unterirdischen Haltestelle der Straßenbahn unter dem Schlossplatz hinab. Dort stieg er in eine Bahn. Einer seiner Beschatter stieg in den Wagen davor, der andere in den dahinter. An der Haltestelle «Mineralbäder» stieg Joe aus. Die Beschatter unterrichteten Gächter, der sich sofort auf den Weg dorthin machte.

Joe Keller ging die wenigen Schritte zum Mineralbad Leuze, löste eine Karte und schritt die Treppe hinunter. Die Beamten warteten, bis er aus ihrem Blickfeld verschwunden war, zeigten ihre Ausweise und folgten ihm.

Joe war sich längst bewusst, dass er Beobachter hinter sich hatte. Er verschwand in einer Kabine, die fast am Ende der letzten Reihe, nahe bei den Duschräumen lag. Die observierenden Beamten beobachteten beide Türen der Kabine, die zum Schuhgang wie auch die zum Barfußgang, der auf der Gegenseite von den Spinden begrenzt wurde.

Joe hatte sich, kaum dass er in die Kabine getreten war, flach auf den Bauch gelegt. Am Vormittag waren nur wenige der Umkleideräume besetzt. In der einen Richtung sah er mehrere Paar Füße – nackt, in Strümpfen, in Schuhen. Er wendete sich nach der anderen Seite. Bis zum Ende der Reihe waren es nur drei Kabinen und die schienen alle leer zu sein.

Joe zwängte sich unter den Kabinenwänden hindurch. Am Ende der Reihe angekommen, richtete er sich auf und ging in einen der Duschräume. Dort gab es offene Duschen und andere hinter Pferdestalltüren. Es platschte und dampfte. Unter einigen Brausen wurde gesungen oder gepfiffen. Ein dicker nackter Mann prustete wie ein Flusspferd, ein anderer rezitierte gedankenverloren Gedichte. Einer der Männer rief zu Joe herüber: «Zutritt mit Schuhen und Kleidern verboten!»

Joe kümmerte sich nicht darum. Neben einer der Pferdestalltüren hing ein geräumiger Bademantel. Sein Besitzer musste ein Riese sein. «*High and mighty*» fiel Joe dazu ein. Er nahm den Mantel vom Haken, brachte sich außer Sicht der duschenden Badegäste, schlüpfte hinein, krempelte die Hosen hoch, zog Schuhe und Strümpfe aus und verwahrte beides in den geräumigen Taschen des Mantels. Dann verließ er die Dusche Richtung Schwimmhalle.

Die beiden Beamten bemerkten langsam, dass Joe in seiner Kabine ziemlich lange brauchte, um sich umzuziehen. Immer wieder schauten sie auf die Uhr, sahen sich gegenseitig an und wirkten einigermaßen ratlos, zumal sie von kommenden und gehenden Badegästen immer misstrauischer gemustert wurden. Endlich ging einer von ihnen in die Kabine neben jener, in der Joe verschwunden war, stieg auf die Bank und schaute über die Zwischenwand. Leer!

Der Beamte meldete sich sofort über sein Funkgerät bei der Zentrale. «Er ist weg ... weiß der Geier, wie ...»

Gächter saß in einem Polizeibus, der sich dem Mineralbad näherte. «Was heißt da weg?», fragte er konsterniert.

«Er ist in einer Umzugskabine verschwunden, wir haben ihn nicht aus den Augen gelassen, ich weiß nicht, wie er da rausgekommen ist ...»

Gächter schlug die Hände vors Gesicht und gab einen unartikulierten Laut von sich.

22 Als Bienzle bei dem Sägewerk eintraf, war das Gelände bereits großräumig abgesperrt, auch der Hof und die Zufahrt vor der Halle. Außerhalb der weiß-roten Absperrbänder standen Kranken- und Polizeiwagen. Erich Bechtle ging aufgeregt hin und her. Als er Bienzle sah, strahlte er.

«Endlich. Gott sei Dank! Sie sind natürlich der Chef im Ring, das ist ja klar.»

«Haben Sie was wegen meiner Anzeige von gestern unternommen?», fragte Bienzle.

Bechtle starrte ihn an. «Ja, wann denn? Also, da bin ich mit dem besten Willen nicht mehr dazu gekommen.»

Um die gleiche Zeit schraubte im Hof seiner Werkstatt Winfried Horrenried an einem uralten NSU-Motorrad herum. Er war nicht bei der Sache. Immer wieder rutschte der Schraubenschlüssel von der Radmutter ab, bis Winni genervt und verärgert den Schlüssel gegen einen verbeulten Kotflügel warf, der an der Schuppenwand lehnte. Er zog ein Handy aus der Brusttasche seines Overalls, aber er konnte sich nicht entschließen zu wählen. Und als es dann plötzlich schrillte, ließ er es beinahe fallen.

«Ja, Winfried Horrenried hier», sagte er viel zu laut.

Inges Stimme klang, als habe sie einen Kloß im Hals. «Ich bin's!»

«Gott sei Dank, Inge. Du, ich hab hier nicht weggekonnt, ich komm aber gleich, muss bloß noch was fertig machen.»

«Er ist tot», sagte Inge mit tonloser Stimme.

«Was? Wer? Wer ist tot – der Albert? Jetzt langsam, bitte nochmal.»

Er hörte zu. Zuerst machte er während des Telefonierens noch den einen oder anderen Handgriff, aber dann hielt er inne und hörte immer gespannter zu. Schließlich sagte er: «Liebling, bleib ganz ruhig. Das ist natürlich ein Schock für dich, aber jetzt müssen wir klar denken. Du weißt, ich bin immer für dich da ... Hast du das gehört? Hast du mich verstanden, Inge?»

«Bitte komm!», sagte sie.

«Nein, ich glaube, das wäre nicht gut, wenn ich jetzt dort auftauchen würde. Du schaffst das schon. Hat er denn tatsächlich ein Testament gemacht?»

«Keine Ahnung, das ist doch jetzt nicht wichtig!»

«Doch! Du musst es finden!»

Inge ging, das tragbare Telefon fest gegen das Ohr gedrückt, ins Arbeitszimmer und dort zum Schreibtisch von Albert Horrenried. «Ich erbe doch sowieso nichts», sagte sie, während sie die erste Schublade aufzog.

«Doch!» Winfrieds Stimme war so laut, dass sie den Hörer ein Stück vom Ohr weg hielt. «Pass auf: Wenn *kein* Testament da ist, erben wir!»

«Wir?», fragte Inge verständnislos.

«Na ja, erst mein Vater, aber danach sind wir dran – du und ich!»

Über Inges Gesicht ging ein kurzes Leuchten. Das war das erste Mal, dass Winfried eine solche Andeutung machte. Inge suchte immer hastiger. Gleichzeitig sagte sie: «Und wenn ein Testament da ist und jemand ganz anders kriegt alles?»

«Dann muss es verschwinden! Ohne Testament gilt die ganz normale Erbfolge», schrie Winfried am anderen Ende der Leitung.

Inge rüttelte an der mittleren Schublade direkt unter der Schreibfläche. «Es geht nicht, er hat alles abgeschlossen.»

«Irgendwo muss der Schlüssel sein. Such in seinen Klamotten. Und wenn's nicht anders geht, musst du das Schloss aufbrechen.»

«Das kann ich nicht.»

«Natürlich kannst du das, meine Schöne, es geht jetzt um alles oder nichts.»

Alberts Jacke hing noch über der Lehne des Schreibtischstuhls. Inge durchsuchte die Taschen. Plötzlich rief sie: «Ich glaub, ich hab ihn!»

«Klasse!» Winnis Stimme klang erregt. «Schließ auf ... Los, los, mach!»

Inge eilte zum Schreibtisch, probierte mit fliegenden Fingern mehrere Schlüssel aus ...

«Was ist denn?», drang Winfrieds Stimme aus dem Telefon.

«Ich kann ja auch nicht hexen», schrie Inge nervös zurück, legte den Hörer aus der Hand und probierte nochmal alle Schlüssel durch. «Der da passt», rief sie und wiederholte den Satz nochmal, als sie das Telefon wieder hoch genommen hatte.

Sie drehte den Schlüssel und zog die Schublade heraus.

«Und?», fragte Winfried am anderen Ende der Leitung.

«Warte halt!» Inge fand das Blatt, das Albert Horrenried in der Nacht beschrieben hatte. «Mein letzter Wille ...»

«Handgeschrieben?», bellte Winfrieds Stimme.

«Ja, mit der Hand. Warte: ‹... geht mein ganzes Vermögen an den Jagdverein Hubertus e. V. zu Händen von Herrn Hans Joachim Schmied ...›»

«Was? Das gibt's doch nicht! Der Sauhund! Du musst das vernichten ...»

«Ja, ich zerreiß es.»

«Das langt nicht. Verbrennen musst du's, und zwar so, dass nichts zurückbleibt.»

«Ja, ist gut ...» Plötzlich fragte sie weich: «Du, Winfried ...?»

«Bitte, Inge ... Danach können wir ganz ruhig alles besprechen ... Jetzt erst mal das Testament ...!»

«Du liebst mich doch?»

Winfried wollte zuerst barsch reagieren, bemühte sich dann aber um ein kleines Lachen. «Das ist genau die Frage, die ihr Frauen in jeder Lebenslage stellen könnt. Natürlich lieb ich dich!»

«Für mich ist das wichtig!»

Auch seine Stimme bekam nun einen weichen Klang. «Inge, ich bin jetzt ganz nah bei dir. Das musst du ganz fest glauben, ja? Also, du nimmst das Testament und verbrennst es, ja?»

«Ja ... ja, natürlich, Winni!»

«Erzähl mir, wie du's machst ... Wo verbrennst du's?»

Inge holte einen großen Aschenbecher, zerknüllte das Papier und zündete es an. «Im Aschenbecher.»

Winfried fragte aufgeregt: «Was ist, hast du's schon angezündet?»

«Ja, ja … es brennt …» Inge wedelte den Rauch mit der Hand weg.

«Ganz runterbrennen lassen, bis alles total verkohlt ist», sagte er.

«Ja.» Inge starrte fasziniert in die kleinen bläulichen Flammen. Sie hatte plötzlich ein Gefühl des Triumphs.

«Und dann nimmst du irgendwas und zerstößt die Asche», ertönte Winfrieds Stimme an ihrem Ohr. Im gleichen Augenblick klingelte es an der Tür.

«Es hat geklingelt. Was mach ich denn jetzt?» Sie rannte Richtung Tür, machte kehrt, lief zum Schreibtisch zurück. Das Papier war nun heruntergebrannt.

Winfried rief: «Ganz ruhig bleiben. Gaaaanz ruhig. Der an der Tür kann warten.»

Inge zog rasch einen Schuh aus und zerstampfte die schwarzen Reste mit den Absatz. «Ich habe die Asche zerstoßen. Mit dem Absatz von meinem Schuh.»

«Du bist echt Klasse!»

Es klingelte erneut, Inge zog den Schuh wieder an. «Ich muss jetzt aufmachen», sagte sie ins Telefon.

«Ich komm, sobald ich kann», sagte Winfried noch rasch und schaltete sein Gerät aus. Dann stieß er die Luft aus, als ob er sie die ganze Zeit angehalten hätte.

Es klingelte schon wieder. Inge wollte zur Tür, kehrte aber nochmal um, rannte in die Küche und entsorgte die Asche in einem Mülleimer. Erst dann ging sie zur Tür und öffnete, ein bisschen atemlos.

Bienzle stand auf der Schwelle. «Grüß Gott.» Er stellte sich vor und zeigte dabei seinen Dienstausweis. «Hauptkommissar Bienzle. Mein herzliches Beileid. Ich kann mir vorstellen, wie schwer das alles für Sie ist.»

Inge nickte und schniefte ein bisschen.

98

Bienzle hob die Nase und schnüffelte. «Wir müssen leider davon ausgehen, dass der Herr Horrenried ermordet worden ist ... Riecht, als ob irgendwo was brennt.» Er ging unaufgefordert in die Wohnstube hinein. Aber er fand keine Hinweise auf etwas, was verbrannt worden wäre. «Jetzt erzählen Sie mir mal genau, was gestern passiert ist.»

Inge versuchte, Zeit zu gewinnen. «Wollen Sie sich nicht setzen?»

Bienzle setzte sich an den Tisch. «Also, Ihr Mann ...»

«Er war nicht mein Mann», unterbrach sie ihn.

«Aber Sie haben doch zusammengelebt, oder? Ich meine – auf mich wirken Sie wie die Hausfrau hier.»

Inge nickte und sah dann zu Boden. «Ja, das stimmt auch ... Es ist schon weit nach elf Uhr gewesen. Da ist er nochmal runtergegangen ... Sonst macht er immer gleich nach Feierabend seinen Rundgang, aber gestern ...»

«War denn was Besonderes gestern? Ich meine, wenn es sonst seine Gewohnheit war ...»

«Ich weiß nicht. Er hat eine unheimliche Wut im Bauch gehabt.» Sie schniefte wieder.

«Warum?», fragte Bienzle trocken.

Inge zuckte nur mit den Schultern. «Bei ihm weiß man das nie so genau.»

«Haben Sie sich gestritten?»

«Nein!», sagte sie entschieden.

«In der Halle sind eine Menge Maschinen zerstört. Das muss einen Riesenkrach gegeben haben. Wann genau war das?»

«Keine Ahnung.»

«Wollen Sie damit sagen, Sie haben nichts gehört?»

«Ich schlafe nach hinten raus. Außerdem hab ich ein Schlafmittel genommen.»

99

«Machen Sie das öfter?»

«Wenn's nötig ist halt.» Inge hatte sich gefangen. Der konnte lange fragen. Sie hatte jetzt ein klares Ziel. Und sie würde es erreichen. Zusammen mit Winfried, dem Mann, den sie liebte.

Es klingelte, und gleichzeitig ging die Tür auf, die Bienzle nur angelehnt hatte. Hajo Schmied kam herein. «Grüß Gott», sagte er und schaute dabei Bienzle an, «der Herr Bechtle hat mir g'sagt, Sie leiten die Ermittlungen. Grüß Gott, Inge. Beileid.»

«Danke, Hajo», sagte Inge kühl. Die Worte ... *geht mein ganzes Vermögen an den Jagdverein Hubertus e. V. zu Händen von Herrn Hans Joachim Schmied* ... gingen ihr die ganze Zeit über im Kopf herum wie ein Ohrwurm, den man nicht los wird.

Hajo sah Bienzle an. «Ich hab denkt, meldest es gleich, damit niemand auf dumme Gedanken kommt.»

Bienzle schaute ihn nur fragend an.

«Er hat mich gestern Abend spät noch angerufen», fuhr Hajo Schmied fort. «Er war ziemlich durcheinander. Aber er hat g'sagt, er sei grad dabei, sein Testament zu machen und wir vom Jagdverein däthet alles erben. Stellen Sie sich vor, so was haut der mir mitten in der Nacht vor den Kopf!»

«Sie werden's verkraftet haben», sagte Bienzle. «Hat er denn damit gerechnet, dass er heut Nacht noch sterben muss?»

Hajo kam richtig ins Grübeln. «Nein, so hat er nicht geklungen, obwohl ... also, er war schon ziemlich aufgewühlt, wenn ich mal so sagen soll. Er hat gesagt ...» Jetzt druckste Hajo ein bisschen herum. «Er hat gesagt: ‹Hauptsache, sie kriegt nichts!›» Dabei nickte Hajo leicht verschämt in Richtung Inge.

Bienzle sah Inge an. «Was sagen Sie dazu?»

«Was soll ich dazu sagen?»

«Frau Kranzmeier», sagte Bienzle eindringlich, «da muss doch etwas vorgefallen sein!»

«Ja ... Nein ... er ist halt immer so schnell jähzornig geworden.» Und zu Hajo gewandt, fuhr sie fort: «Du kennst ihn ja.»

«Mit seinem Bruder hat er Krach g'habt. Ich bin zufällig dazugekommen», sagte Hajo.

«Wann?»

«So um sechs Uhr rum gestern. Es war grad Feierabend. Ich bin vorbeigekommen und hab ihn fragen wollen, ob ich ihn später zu unserem Stammtisch abholen soll. Eigentlich war's ja gleichzeitig auch unsere Sitzung.»

«Was für eine Sitzung?»

«Vom Jagdverein. Er ist ja immerhin im Vorstand ... g'wesen. Er wollt lieber selber fahren, aber er ist dann doch nicht gekommen.»

Bienzle fragte: «Haben Sie eine Ahnung, warum?»

Hajo schüttelte den Kopf. «Nein, es ist eigentlich au gar net sei Art!»

Bienzle fuhr zu Inge herum. «Und Sie?»

Inge war ein wenig erschrocken. «Wie? Was? Nein, ich weiß auch nicht, warum.»

Bienzle wendete sich wieder an Hajo. «Was war da genau, worüber hat er sich mit seinem Bruder gestritten?»

Hajo war jetzt auf der Hut, das sah man. «Ich hab's nicht so richtig mitgekriegt. Aber ich glaube, es ging um Geld.»

Inge Kranzmeier griff nach dieser Aussage wie nach einem rettenden Strohhalm. «Hab ich mir doch gedacht, dass da was gewesen sein muss. Auf jeden Fall ist er mit einer Mordswut nach Hause gekommen und hat dann auch gleich noch auf mir rumgehackt.»

«Also doch Streit! Um was ging's denn bei Ihnen?», fragte der Kommissar.

Inge schlug die Augen nieder. «Darüber will ich nicht reden. Man soll ja über Tote auch nichts Schlechtes sagen.»

Bienzle sah Hajo Schmied an. «Und Ihnen gegenüber ist er auch nicht deutlich geworden?»

«Nein», antwortete der knapp.

Bienzle seufzte und stand auf. «Ja, dann gucke mr amal, wo das Testament sein könnte.»

Inge zeigte Bienzle bereitwillig den Schreibtisch. Der Kommissar zog alle Schubladen auf, suchte aber nur recht oberflächlich herum.

«Wenn wir so nichts finden, lassen wir die Spurensicherung suchen, die verstehen da mehr davon – das heißt: natürlich nur, wenn Sie einverstanden sind, Frau, äh ...»

«... Kranzmeier.» Inge nickte etwas unsicher. «Was soll ich denn dagegen haben?»

Bienzle richtete sich wieder auf. «Nix. Vielleicht hat er's ja beim Notar hinterlegt.»

«Aber zu mir hat er g'sagt: ‹Ich schreib *grad* mein Testament»», meldete sich Hajo Schmied. «Das war abends um kurz nach elf! Wann hätt er denn das Testament zu einem Notar bringen sollen?»

Bienzle sah Inge an: «Da hat er Recht.»

Er ging grußlos hinaus und stapfte die Holztreppe hinunter. Stufen, Geländer und Handlauf waren feinste Handwerksarbeit, ebenso wie die Vertäfelung des ganzen Treppenhauses. Es war schade, wenn einer früh starb, der so viel von einer Sache verstand wie der Albert Horrenried vom Holz – egal, ob er ein Leben lang ein Kotzbrocken gewesen war oder nicht.

23 Bienzle trat aus dem Haus und schaute über das Gelände. Von hier hatte man einen guten Überblick. Ein Betonsträßchen führte am Wohnhaus vorbei und in zwei Schwüngen auf den Holzplatz hinab, der auf der anderen Seite von der schnell dahinfließenden Steinach begrenzt wurde. Das Mühlrad lief, von der Strömung getrieben, knarzend im Leerlauf. Der Treibriemen hing locker neben der Achse. Entlang dem Mühlbach lagen die gleichmäßigen Stämme, akkurat aufgeschichtet. Nur der Stamm, der abends herabgestürzt war, als Albert Horrenried nochmal übers Gelände ging, lag schräg über den Schienen und störte das ordentliche Bild. Der Laufkran stand still. Jenseits der Steinach ging das Betonsträßchen weiter und führte schnurgerade zwischen zwei steil ansteigenden Hängen wie durch eine Schlucht in den dichten Wald hinauf.

Ein junger Beamter störte Bienzle in seiner Betrachtung. Er hielt ihm eine durchsichtige Plastiktüte vor die Nase, in der eine Eisenstange lag, an der man selbst durch die milchige Plastikhülle hindurch Blut- und Haarspuren sehen konnte.

«Da», sagte der junge Polizist und Stolz schwang in seiner Stimme mit, «das haben wir unter der Gattersäge gefunden. Könnte die Mordwaffe sein.»

Bienzle nickte. «Sofort nach Stuttgart ins Labor. Und dann brauchen wir Fingerabdrücke.»

«Von wem?»

«Vom Bruder des Toten, von seiner Freundin, von diesem Oberjäger Hajo Sowieso ...»

«Hajo Schmied! Jawoll, wird sofort erledigt!» Die Wangen des jungen Beamten glühten vor Eifer.

«Ja sicher, wann denn sonst?», brummte Bienzle.

Bechtle trat zu den beiden. Bienzle sagte zu ihm: «Wir müssen das ganze Haus durchsuchen.»

«Das auch noch», stöhnte Bechtle. «Und? Was suchen wir?»

«Ein Testament.»

Aus der Halle kam ein schwerer Mann um die sechzig in Kordhosen und einem Lodenjanker. In der rechten Hand trug er eine abgewetzte Ledertasche. Er trat auf Bienzle zu. «Sie leiten die Ermittlungen?»

Bienzle nickte nur.

«Dr. Melchers. Ich bin der Arzt hier. Die Leiche von dem Horrenried geht jetzt in die Pathologie.»

«Und wo ist die?»

«Im Kreiskrankenhaus. Aber offenbar ist Ihr Spezialist aus Stuttgart, ein gewisser Dr. Kocher, schon auf dem Weg.» Was Dr. Melchers nicht besonders zu gefallen schien.

Bienzle knurrte: «Der hat mir grad no g'fehlt ... Und was sagen Sie?»

«Ich gehe davon aus, dass der Herr Horrenried an der Kopfverletzung gestorben ist. Die Blutspuren an der Stange sind ja unübersehbar.»

Wieder nickte Bienzle nur.

«Ich hab ihn allerdings noch nicht genau untersuchen können», sagte Dr. Melchers, «und ich bin ja auch kein Spezialist.»

«Können Sie vielleicht trotzdem etwas über den Todeszeitpunkt sagen?»

Der Arzt wiegte den Kopf hin und her. «Schwierig. Nach der Leichenstarre ... obwohl, der hat ja in dem Sägemehl warm gelegen ... Irgendwann in der Nacht. Ich würde sagen, aber wirklich mit allem Vorbehalt ... also, eher vor als nach Mitternacht.»

«Da ist noch so eine Geschichte, die mir nicht aus dem Kopf geht», sagte Bienzle. «Der Herr Horrenried hat möglicherweise letzte Nacht noch ein Testament gemacht.»

«Ja und?»

«In seinem Alter ... Da denkt man eigentlich noch nicht ans Sterben.»

«Der Herr Horrenried hatte ein schweres Herzleiden, außerdem eine perforierte Aorta so dicht am Herzen, dass man sie nicht operieren konnte, und er hat sehr unvernünftig gelebt. Ich hab's ihm erst kürzlich wieder gesagt: ‹Wenn Sie nicht endlich vernünftiger leben wollen, sollten Sie wenigstens Ihr Testament machen.»

Mit jedem Wort, das der Arzt sagte, gefiel er Bienzle besser.

24 Nachdem Joe angerufen hatte, hatte Mascha Patrick in die Arme genommen, herumgewirbelt und mehrfach auf beide Wangen geküsst.

«Er ist frei», hatte sie immer wieder gerufen, «er ist frei, wir haben es geschafft. Wir haben es geschafft!»

«Kann ich dann jetzt nach Hause?»

«Sobald Joe da ist.»

Joe Keller hatte die Badehalle durchquert und war ins Freie hinausgetreten. Um diese Jahreszeit waren die Liegewiesen leer, nur einige ältere Frauen und Männer machten ihre Freiübungen, nachdem sie aus dem kalten Mineralwasser gestiegen waren. Das taten sie auch im Winter bei Kältegraden und Schnee. Sie beachteten den jungen Mann in dem viel zu weiten Bademantel nicht.

Joe erreichte unbehelligt die steinerne Begrenzungsmauer, hinter der – etwa dreieinhalb Meter tiefer – ein schmaler Fußgänger- und Radfahrweg am Neckarufer entlangführte. Ohne Eile schlüpfte der junge Mann aus dem Bademantel, zog Schuhe und Strümpfe wieder an, schwang sich auf die Mauerkrone, kniete nieder und ließ sich auf der anderen Seite hinunter. Den letzten Meter musste er springen.

Ein Fußgängersteg aus Holz führte auf die andere Neckarseite hinüber. Joe begann locker zu rennen, überquerte den weiten Platz, auf dem zweimal im Jahr das große Volksfest gefeiert wurde, der jetzt aber kahl und verlassen dalag. Am Bahnhof Bad Cannstatt nahm er den Zug Richtung Schorndorf.

25 Martin Horrenried war zur Polizeiwache gebracht worden, um seine Fingerabdrücke nehmen zu lassen. Sein Sohn Winfried hatte darauf bestanden, den Vater zu begleiten. Als Bienzle den Raum betrat, sagte der Bruder des Toten: «Das ist eine ziemlich entwürdigende Prozedur.»

Bienzle nickte: «Ich weiß, aber was sein muss, muss sein. Wenn Sie fertig sind, würde ich gerne mit Ihnen reden.»

Martin nahm von einem Beamten ein feuchtes Tuch entgegen, um seine Finger zu reinigen. Bienzle deutete auf die Tür zu einem Nebenraum. «Dort vielleicht.»

Während sie in das Nachbarzimmer gingen, sagte Bienzle: «Ich hab ja nun mitgekriegt, wie Sie sich gestern Abend gestritten haben, Sie und Ihr Bruder ...» Er öffnete die Tür.

Winfried rief: «Soll ich meine Fingerabdrücke nicht auch gleich abgeben? Ich hab mindestens genauso einen Hass auf meinen Onkel gehabt wie mein Vater.»

«Sie sind der Sohn?» Bienzle schaute zwischen den beiden

Horrenrieds hin und her. Die Ähnlichkeit war unverkennbar. «Von mir aus, schaden kann's nix! Wo waren denn Sie in der letzten Nacht?»

«Daheim.»

«Und Ihr Vater?»

«Auch. Zwischen elf, halb zwölf, als ich von meiner Werkstatt in die Wohnung rüber bin, war er da.»

«Den ganzen Abend?»

«Ja sicher!»

Der Nebenraum war spartanisch eingerichtet. Ein Tisch und zwei Stühle. Eigentlich ein Verhörzimmer.

«Nach dem Streit mit Ihrem Bruder hätten Sie ein Motiv gehabt», sagte Bienzle.

«Ich bin kein Mörder.»

Bienzle fuhr unbeirrt fort: «Und normalerweise beerben Sie ihn ja auch.»

«Was heißt das: ‹normalerweise›?»

«Na ja, wenn er kein Testament gemacht hat, das jemanden anders begünstigt.»

«Wie ich ihn kenne, hat er das bestimmt gemacht!» Horrenried setzte sich unaufgefordert auf einen der beiden Stühle.

Bienzle blieb stehen. «Erzählen Sie doch mal: Was hat Sie eigentlich so auseinander gebracht – Sie und Ihren Bruder?»

Martin Horrentied lehnte sich weit auf dem Stuhl zurück und schloss die Augen. «Mein Vater hat mich gezwungen, eine Lehre als Holzkaufmann zu machen. Ich wollte viel lieber Musiker werden. Erst als mein Vater tot war, konnte ich dann auf die Musikakademie. Meine Mutter hat das immer gefördert. Aber gegen ihren Mann ist sie natürlich nicht angekommen.» Er öffnete die Augen wieder und sah Bienzle von unten herauf an.

«Ja, wenn das natürlich ist ...», sagte der. «Und weiter?»

«Mein Bruder war froh, dass ich weg war. Er hat sofort alles an sich gerissen. Ich hab monatlich meinen Scheck gekriegt und war der glücklichste Mensch der Welt. Und dann kam die Gelegenheit, auf die Albert gewartet hatte. Ich war mitten in einem Wettbewerb. Es ging um den Landesmusikpreis und ich war als Trompeter in der Endausscheidung – unter den letzten drei. Ich hab jeden Tag geübt bis in die Nacht hinein. Und ich war mir ganz sicher, ich würde gewinnen, wenn ich endlich diese Larasse-Trompete bekommen könnte. Ein sündhaft teures Instrument.»

«Lassen Sie mich raten», sagte Bienzle, «Ihr Bruder hat Ihnen das Instrument bezahlt.»

«Ja!»

«Und was hat er dafür verlangt?»

«Er hat verlangt, dass ich im Gegenzug eine Vollmacht unterschreibe. Mir war damals alles recht. Ich hab unterschrieben, ohne genau hinzusehen. Es war eine Vollmacht *und* eine Verzichtserklärung. Mit einem Federstrich hab ich mein ganzes Vermögen verloren!»

«Haben Sie den Wettbewerb denn wenigstens gewonnen?»

«Ja, aber danach nie wieder einen. Ich hab plötzlich asthmatische Anfälle gekriegt. Schlechte Voraussetzungen für einen Trompeter. Zum Umschulen auf ein anderes Instrument war es zu spät. Und dann ist auch noch der Monatsscheck von meinem Bruder ausgeblieben. Als ich das Geld angemahnt habe, hat er nur gelacht. ‹Du kriegst von mir nie mehr auch nur eine Mark›, hat er gesagt – den Satz werde ich in meinem ganzen Leben nicht vergessen.»

«Haben Sie ihn umgebracht?»

«Nein!» Martin Horrenried sagte es mit einem trotzigen Ton, vermied dabei aber, Bienzle in die Augen zu schauen.

Als Vater und Sohn Horrenried die Polizeiwache verließen, stand Bienzle am Fenster und sah ihnen nach. «Was sagt man denn so über den Martin Horrenried?», fragte er, ohne sich umzusehen. Bechtle, der an seinem Schreibtisch saß, einen Apfel schälte und darauf achtete, dass die Spirale der Schale nicht abriss, sagte: «No ja, er ischt halt a Sonderling. Ich, an seiner Stelle, wär nicht nach Heimerbach zurückgekommen. Sein Bruder ist doch hier der absolute Platzhirsch ... gewesen. Und dass der ihn net hat hochkomme lasse, net wahr, das hätt der Martin ja wisse müsse.»

«Glauben Sie, er könnte jemanden umbringen?»

«Eigentlich nicht, höchstens seinen Bruder. Den hat er, glaub ich, so gehasst, da wär alles möglich gewesen.»

Vater und Sohn Horrenried gingen die Stiergasse hinunter, ein schmales Sträßchen mit gepflasterten Rinnsteinen.

Winfried fragte: «Sag mal, was war eigentlich gestern Abend zwischen dir und dem Onkel Albert?»

«Na ja, ich hab ... es ging um Geld.» Der Vater wirkte verlegen.

«Was? Wolltest du ihn etwa anpumpen?» Winfried lachte auf. «Den Onkel Albert ...?»

«Na ja, es war für dich ... ich meine: Es wäre für dich gewesen. Wegen deiner Schulden ... Aber er hat sich bloß lustig gemacht über mich ...»

Winfried legte den Arm um die Schultern seines Vaters. «Das hast du tatsächlich für mich gemacht? Das muss dich doch eine saumäßige Überwindung gekostet haben. Mensch, Vater!» Er zog ihn kräftig an sich. «Und was war dann ...? Ich mein, hast du das so einfach weggesteckt?»

«Ich hab eine Mordswut im Bauch gehabt, das kannst du mir glauben ...»

26 Joe stieg in Schorndorf aus der Bahn. Er schaute sich vorsichtig um, konnte aber niemanden entdecken, der ihn verfolgte. Schnell schritt er durch die kurze Unterführung und ging zielstrebig zu einer Quickfoto-Kabine in der kleinen Bahnhofshalle. Unter dem Vorhang sah er zwei Mädchenbeine in Jeans. Er fasste den Vorhang mit beiden Händen, wartete noch einen Moment und riss ihn dann auseinander. Aber auf dem Hocker in der Fotokabine saß nicht Mascha, sondern eine ganz andere junge Frau, die stinksauer reagierte, weil genau in dem Moment der Apparat blitzte und sie natürlich ihren Kopf dem Vorhang zugewendet hatte.

«Ey, du Arsch, was soll denn das ...?», schnappte sie.

Joe nuschelte eine Entschuldigung und zog den Vorhang rasch wieder zu. Ein wenig verstört wendete er sich ab – und stand direkt vor Mascha. Sie fielen sich in die Arme, pressten ihre Körper eng aneinander. Für ein paar Momente waren sie die glücklichsten Menschen auf der Welt. Die Frau im Quickfoto-Automaten machte den Vorhang auf, sah die beiden, lächelte, weil sich ihr ja nun alles erklärte, warf nochmal Geld ein und zog den Vorhang wieder zu.

«Los, komm!», sagte Mascha, nahm Joes Hand und zog ihn zum Ausgang.

Auf dem Holzplatz vor der Maschinenhalle des Sägewerks arbeitete noch immer die Spurensicherung, als Bienzle und Bechtle zurückkehrten. Beamte hatten Reifenspuren mit einer Gipsmasse ausgegossen und lösten jetzt die Gipsprofile aus der Erde.

Bienzle ging, die Hände auf dem Rücken verschränkt, zu dem Fahrkran. Der Stamm, der Albert Horrenried beinahe erschlagen hätte, lag noch immer quer auf den Schienen. Bienzle schaute zu dem Greifer hinauf. Bechtle trat zu ihm.

«Die Kollegen haben drei verschiedene Reifenspuren von heut Nacht gefunden», sagte der Polizeiobermeister bedächtig.

«Und woher wissen Sie, dass die von heut Nacht sind?»

«Gestern Abend hat es ungefähr von 20 Uhr bis 20 Uhr 30 geregnet», sagte Bechtle stolz.

Bienzle erinnerte sich. «Stimmt!»

«Und die Spuren sind *nach* dem Regen entstanden.»

Bienzle nickte anerkennend. «Na bitte, geht doch!» Er ließ sich die Abdrücke geben und schaute sie genau an. Dann reichte er sie an Bechtle weiter. «Vergleichen mit den Fahrzeugen der Mitarbeiter hier! Und mit den Fahrzeugen der Verdächtigen!»

«Wer? Ich?»

«Wer's macht, ist mir egal, Hauptsach, es wird g'macht!»

Bienzle ging weiter, nahm sein Handy aus der Innentasche der Jacke und wählte. Als er Verbindung hatte, sagte er: «Was ischt jetzt mit meiner Verstärkung? ... Was heißt da ‹nicht zuständig›? ... Dann richten Sie's aus: Ich brauch dringend jemand!» Er schaltete das Handy wieder aus.

Vom Haus her kam Inge Kranzmeier. Der Kommissar fragte: «Wie war denn aus Ihrer Sicht das Verhältnis zwischen dem Albert Horrenried und seinem Bruder?»

Inge wich aus. «Ich weiß das nicht so genau. Der Albert hat nie darüber gesprochen und so lang bin ich ja noch gar nicht hier.»

Bienzle schaute sie mit schief gelegtem Kopf an. «Und warum überhaupt?»

«Was warum?»

«Ich habe den Herrn Horrenried nur kurz kennen gelernt. Er war ... sagen wir mal, er war kein besonders anziehender Mensch, oder?»

111

«Er hat mir versprochen, dass wir irgendwann heiraten.»

«War Ihnen das wichtig?»

«Sie wissen ja nicht, was ich hinter mir habe!»

«Erzählen Sie's ... wenn Sie wollen.»

«Lieber nicht», der Anflug eines Lächelns huschte über ihr Gesicht. «So viel Zeit haben Sie gar nicht. Jedenfalls war mein Leben ziemlich verpfuscht ... Wissen Sie, ich glaube immer alles. Und ich verliebe mich so schnell und immer so radikal!»

Bienzle nickte. «Verstehe.»

«Nee, ein Mann kann das gar nicht verstehen. Und ich bin noch jedes Mal auf die Schnauze gefallen. Aber beim Albert wusste ich wenigstens, wo ich dran war.»

«Sie glauben, er hätte sein Versprechen gehalten?»

«Ja, der Albert war so.» Sie schob das Tor zur Werkhalle auf.

27 Die Mitarbeiter waren bemüht, die beschädigten Maschinen wieder herzurichten. Auch Peter Mahlbrandt war da. Er legte gerade neue Sägeblätter in die Gattersäge ein.

«Der traut sich ja was», sagte Inge Kranzmeier, und als Bienzle sie fragend anschaute: «Das ist der, den der Albert gestern rausgeschmissen hat.»

Bienzle trat zu Mahlbrandt und tippte ihm auf die Schulter. Mahlbrandt fuhr herum. Bienzle zeigte seinen Ausweis.

Der Arbeiter stellte die Maschine ab, gleichzeitig sagte er: «Da muss einer Amok g'laufen sein heut Nacht. Guck sich einer die Maschinen an.»

«Frau Kranzmeier sagt, der Herr Horrenried hätt Sie gestern entlassen.»

«Stimmt.»

«Fristlos?»

«Er hat g'sagt, er will mich nicht mehr sehen. Und?» Mahlbrandt grinste. «Sieht er mich jetzt noch?»

«Wo waren Sie gestern Abend?», fragte der Kommissar.

«Ich hab kein Alibi, wenn Sie das meinen.»

«Ja, das meine ich.»

«Tut mir Leid. Ich hab mit meiner Frau noch ewig rumdiskutiert, wie's jetzt weitergehen soll. Sie hat mir Vorwürfe gemacht, ich könnt halt net zurückstecke und so. Dabei hab ich mich scho so klein g'macht, kleiner geht's gar nimmer. Mir hent an Riesekrach kriegt – mei Frau und ich. Ich bin aus'm Haus g'rennt und mit mei'm Auto durch d'Nacht gerast, bis der Zorn halbwegs verfloga war.»

«Durch die Nacht gerast, ohne dabei hier am Sägewerk vorbeizukommen?»

«Warum soll ich da vorbeifahren?»

«Ich weiß nicht, ich halte das für einen ganz normalen Reflex ... Also, Sie sind ziellos herumgefahren. Und dann?»

«Ich bin wieder heim zu meiner Frau – ins Bett.» Er grinste Bienzle erneut an. «Und da wird ja dann meistens alles wieder gut.»

Bienzle seufzte: «Ja, bloß muss man erst amal so weit kommen.» Er deutete mit dem Daumen über die Schulter. «Die da draußen haben von jeder Reifenspur einen Abdruck gemacht.»

«Ja und?», fragte Mahlbrandt.

«Wenn Sie hier waren ...»

«Natürlich war ich da», unterbrach ihn der Arbeiter. «Ich schaff ja schließlich hier.»

«Ja, aber jetzt kommt's drauf an, war's vor oder nach dem Regen gestern Abend? Wenn's nach dem Regen war, sehen Ihre Reifenspuren ganz anders aus.»

113

Mahlbrandt schaute betroffen zu Boden wie jemand, der sich ertappt fühlt.

Bienzle ließ den stämmigen Mann nicht aus den Augen. «Müssen wir da die Reifenabdrücke eigentlich überhaupt noch vergleichen? Ich meine, die von Ihrem Wagen?»

Jetzt schüttelte Mahlbrandt den Kopf.

«Haben Sie Albert Horrenried umgebracht?», fragte Bienzle scharf.

Mahlbrandt schwieg verstockt.

«Besser, Sie reden darüber, glauben Sie mir!»

Endlich brach es aus dem Arbeiter heraus: «Ich bin ja da g'wesen, aber ...»

«Wann?», fuhr Bienzle dazwischen.

«Was weiß ich? Irgendwann so um neune rum.»

Der Kommissar schaute Mahlbrandt forschend an. «War's nicht vielleicht um halb neun?»

«Könnt auch sein.»

«Und Sie können den Laufkran bedienen?»

Mahlbrandt nickte.

«Der Anschlag auf den Albert Horrenried mit dem Baumstamm – das waren Sie, stimmt's? Das war um halb neun!»

Der Arbeiter schwieg und malte mit der Schuhspitze Muster in den Sand.

«Los, Mann», herrschte der Kommissar ihn an, «ich krieg's ja so oder so raus.»

Zögernd begann Mahlbrandt: «Ich kann ziemlich präzis mit dem Gerät umgehen. Wenn ich ihn hätt treffen wollen, hätt ich ihn getroffen.»

«Und des soll ich Ihnen jetzt glauben?»

«Ich hab eine solche Jeseswuet g'habt.»

«Eben! In so einer Wut kann man schon mal jemand umbringen.»

«Ich net. Ich geh jeden Sonntag en d'Kirch. Aber Angst hätt er kriege solle. I han sehe wella, wie er vor Angst en d'Hos soicht. Oimal hab ich ihn auch amal klein sehen wollen. Einmal! So klein!» Er zeigte es mit Daumen und Zeigefinger.

«Das war ein glatter Mordversuch, Herr Mahlbrandt. Und nachdem der nicht geklappt hat, sind Sie einige Stunden später wiedergekommen und haben den Herrn Horrenried niedergeschlagen.»

Mahlbrandt schrie: «Nein! Ich bin doch kein Mörder!»

«Ein Kollege bringt Sie zur Polizeiwache», sagte Bienzle. «Dort nehmen wir Ihre Fingerabdrücke. Wir haben die vermutliche Tatwaffe. Wenn Sie's waren, beweisen wir's Ihnen.»

Ein Auto fuhr etwas zu schnell auf den Holzplatz, als Bienzle wieder ins Freie trat. Übereifrig sprang Schildknecht heraus, ein junger Kollege Bienzles, der erst seit ein paar Monaten in der Abteilung arbeitete.

«Grüß Gott, da bin ich», rief er aufgeräumt.

Bienzles Miene verfinsterte sich. «Was wollen jetzt Sie hier?»

«Ich denke, Sie haben dringlich Verstärkung angefordert!»

«Verstärkung, aber doch net Sie! Na gut, jetzt sind Sie halt da. Haben Sie irgendwelche Ergebnisse aus dem Labor mitgebracht?»

Schildknecht holte ein großes Kuvert aus dem Auto und zog aus diesem ein paar verstärkte Klarsichtfolien heraus, auf denen Fingerabdruckvergleiche zu erkennen waren. «Und die Vergleiche von der Polizeiwache hier. Da war ich nämlich zuerst! Ich glaube, Ihr Fall ist gelöst, Herr Bienzle.» Er sagte das, als sei das sein höchstpersönliches Verdienst. «Die Fingerabdrücke auf der vermutlichen Tatwaffe sind identisch mit den Fingerabdrücken des Verdächtigen Zwei. Warten Sie mal ...»

115

Obwohl Bienzle nach den Filmen griff, verglich Schildknecht nochmal selber, indem er gleichzeitig die Folien von
Bienzle fern hielt.

«Ja, da: Martin Horrenried!»

28 Günter Gächter war nach Hause gefahren, nachdem Joe
Keller entkommen war.

«Jetzt müssen die beiden den Patrick doch freilassen», sagte
Kerstin. Sie schaute auf die Uhr. «Wie lange dauert das denn,
bis die sich melden? Er ist doch schon seit über zwei Stunden
frei.»

«Die müssen sich doch auch erst finden», sagte Gächter.
«Wahrscheinlich haben sie nur zu bestimmten Zeiten einen
Treff ausgemacht. Und dann werden sie Patrick irgendwo
freilassen, wo er erst jemanden finden muss, dem er alles erklären kann ...»

«Mein Gott, der Junge, das wird er sein Leben lang nicht
mehr los», sagte Kerstin.

Inzwischen hatten Joe und Mascha die Neubauruine erreicht.
Als sie die Treppe zum Keller hinabstiegen, sagte Joe: «Du
musst mir das glauben: Ich hab den Lohmann nicht abgestochen.»

Macha blieb stehen. «Aber das musst du *mir* doch nicht sagen!»

Joe war zuerst ganz normal weiter die Treppen hinunterge-
stiegen, blieb dann aber abrupt stehen und starrte seine
Freundin an. «Mascha?»

«Er hat gesagt, er hilft uns mit der Kohle, wenn ich mit ihm

116

penne, und dann ist er gleich auf mich los ... Ich hab mir nicht anders zu helfen gewusst ...!» In der Erinnerung daran begann das Mädchen zu zittern.

Joe ging rasch zu ihr und schloss sie in die Arme. Leise sagte er: «Aber das war doch Notwehr!»

«Ja, ich hätt vielleicht gleich hingehen und alles zugeben sollen.» Mascha fing sich wieder. «Jetzt ist es zu spät! Aber wenn ich hingehe und alles erzähle, lassen sie wenigstens dich in Ruhe!»

Joe presste sie noch fester an sich und sah ihr in die Augen. «Das kommt überhaupt nicht infrage. Was mach ich denn ohne dich?» Sie gingen eng umschlungen die Treppe hinunter. Joe sagte: «Wir haben es doch bis hierher geschafft, dann schaffen wir den Rest auch noch.»

«Wie denn?», rief Mascha verzweifelt. «Ich hab doch jetzt auch noch die Entführung am Hals!»

«Ich weiß gar nicht, was du hast. *Ich* bin doch wieder da!»
Da war er wieder, ihr Joe. Den kriegte keiner unter.

Patrick war in dem Verschlag eingesperrt. Er sah auf, als Joe und Mascha hereinkamen. «Bist du der Joe?», fragte er.

«Klar erkannt, Sportsfreund!» Joe salutierte mit dem Zeigefinger an der Stirn.

«Dann darf ich jetzt zu meinem Onkel Günter zurück, ja?»
«Ja, Kumpel, darüber denken wir grade nach ... Vielleicht noch nicht gleich. Du musst das verstehen: Wir müssen verschwinden. Weit weg. Und das kostet 'ne Menge Kohle ...»

«Das Schlimmste ist, dass man nichts tun kann – außer warten», sagte Gächter um die gleiche Zeit. Er tigerte ruhelos in der Wohnung auf und ab.

«Bist du eigentlich davon überzeugt, dass es der Adler war?», fragte Kerstin.

Gächter schüttelte den Kopf. «Er hätte es genauso gut sein können, darauf kommt es an.»

«Aber du sagst doch, es gibt einen Zeugen.»

«Den hab ich erfunden, um den Adler auf den Leim zu führen. Er ist auch drauf reingefallen. Er hat zugegeben, dass er auf dem Korridor war. Aber so was ist natürlich nicht gerichtsverwertbar.»

Kerstin starrte den Kommissar ungläubig an: «Ihr habt keinen Zeugen ...?»

Gächter wand sich: «Wir können sagen: ‹Auf Befragen hat der Verdächtige zugegeben, dass er nochmal auf dem Korridor war.› Aber das zerreißt dir jeder Anwalt in der Luft. Der muss noch nicht einmal besonders gut sein!»

«Ist dir eigentlich klar, in welche Schwierigkeiten du dich bringst?»

«Jetzt ist nur wichtig, dass der Patrick wieder nach Hause kommt. Alles andere sehen wir dann ...»

Das Telefon schrillte. Gächter nahm ab und stellte auf Lautsprecher. «Ja, Gächter hier.»

Joes Stimme erklang. «Ich wollt mich bei Ihnen bedanken, ohne Sie würd ich jetzt immer noch im Loch sitzen.»

«Wo ist das Kind?»

«Da gibt es noch eine kleine Verzögerung. Wir verlangen 250 000 Mark, in kleinen, vom Leben gezeichneten Scheinen.»

Gächter versuchte, ruhig zu bleiben. «Wir haben ein Abkommen. Geben Sie mir mal Ihre Freundin ...!»

«Ohne das Geld läuft nichts.»

«Sie waren es also doch! Sie haben Lohmann ermordet!», sagte Gächter mit fast erstickter Stimme.

«Wenn's so wäre, wär's schlecht für Sie, was, Kommissar? In 24 Stunden wollen wir das Geld.»

Gächter schrie verzweifelt: «Wo soll ich denn so viel Geld hernehmen? Wissen Sie, was ein Polizist verdient?»

«Das ist *Ihr* Problem, veranstalten Sie eine Sammlung!»

Joe schaltete das Handy ab, bevor ihn die Abhörtechniker lokalisieren konnten. «Ich hab ja immer gesagt, wir müssen uns nehmen, was wir brauchen. Geben tut dir niemand was. Und die, die was haben, teilen nicht!», sagte er zu Mascha.

«Joe, das kann nicht gut ausgehen.»

Aber der junge Mann war schon wieder ganz euphorisch: «Das kann überhaupt nur gut ausgehen. Wir nehmen die Kohle und dann machen wir einen ungeheuer starken Abgang. Du wirst sehen, wir werden noch berühmt!»

«Das werden wir auch so», sagte Mascha niedergeschlagen. «Ab jetzt machen die doch Jagd auf uns mit allem, was sie haben. Die suchen uns sogar übers Fernsehen.»

«Wir kommen ins Fernsehen? Echt? Hab ich noch gar nicht dran gedacht. Ist doch Klasse.» Er knuffte Patrick. «Was sagste dazu, Alter: Wir werden alle drei noch Fernsehstars, ey!»

«Hier kann man ja nicht fernsehen», sagte der Junge trocken.

Joe blieb guter Laune. «Du hast Recht, Kumpel, ich sollte uns einen Fernseher beschaffen ... du, der Posträuber, Bricks oder Biggs oder so, der wurde auch 'n Fernsehstar ... Na ja, jetzt ist er ein bisschen alt, aber damals hamse über den einen Film gemacht. War echt Spitze! Und dann ist der ab nach Argentinien oder Brasilien. Den hamse nie ausgeliefert ...»

In Gächters Wohnung herrschte verzweifeltes Schweigen. Die Beamten für die Mithöreinrichtung gingen auf Zehenspitzen herum, Kerstin hatte ihr Gesicht in den Händen verborgen. Gächter rauchte eine Zigarette nach der anderen.

Schließlich sagte er: «Wenn ich nicht diesen Scheißberuf hätte ...»

Kerstin versuchte ihn zu trösten: «Du hast doch gesagt, dieser Joe sei ziemlich intelligent. Er wird schon einsehen, dass er sich so nur immer weiter reinreitet.»

Der Kommissar schüttelte den Kopf. «Der hält sich doch für den Größten. Wer weiß, was dem noch alles einfällt ...»

Joe und Mascha hatten Patrick wieder eingeschlossen und waren auf den Neubau hinaufgestiegen. Joe balancierte dicht am Dachrand und sang: *«Bonny and Clyde ...»*

Mascha schrie: «Hör auf! Du hast den Film doch auch gesehen!»

Aber ihr Freund war jetzt in einer geradezu hysterischen Euphorie. Er schrie: «He, ihr da unten, ihr Scheißer! Ihr habt geglaubt, jetzt hättet ihr uns am Arsch. Von euch lassen wir uns doch nicht ficken! Jetzt geht die Party richtig los, schallali, schallali, schallala!» Er verlor beinahe das Gleichgewicht.

Mascha schrie entsetzt: «Joe, pass doch auf!»

Aber er rief zurück: «Mir kann nichts passieren! Ich bin immun! Joe Keller ist unbesiegbar!»

Mascha sagte nüchtern: «Wenn du runterfällst, bist du genauso tot wie jeder andere ...»

Joe sprang auf das Dach zurück. «Du hast Recht. Wo doch unser Leben gerade erst anfängt!» Er nahm sie in die Arme, küsste sie und fing an, sie auszuziehen. «Jetzt und auf der Stelle will ich mit dir schlafen.»

29 Der Himmel lag grau und schwer über dem kleinen Dorf. Aus dem Steinachtal stiegen Nebelwolken auf und blieben in den dicht stehenden Tannen am Hang über dem Flüsschen hängen. Die hoch gewachsenen Kiefern auf dem Kamm des Hügels waren nur schemenhaft zu sehen. Ein leichter Nieselregen ging nieder.

Bienzle hatte den Hut tief in die Stirn gezogen und den Mantelkragen hochgeschlagen. Ein Gefühl der Einsamkeit hatte ihn gepackt. Am Morgen war Hannelore nach Stuttgart zurückgefahren. Er fühlte sich einsam, so, als wäre er in die Welt hinausgeworfen worden.

Martin Horrenried wurde von zwei uniformierten Polizisten aus dem Haus gebracht. Er trug einen schäbigen Koffer in der Hand. Vielleicht war es ja auch das Schicksal dieses Mannes, das Bienzles Gedanken so verdüsterte.

Winfried Horrenried kam seinem Vater nach und brachte ihm eine Strickweste. «Da, Vater. Im Knast ist es kalt.»

Martin Horrenried trat zu Bienzle. «Ich hab nicht gedacht, dass ich ihn umgebracht hätte. Als er mich gesehen hat, ist er mir doch gleich an die Gurgel gegangen. Er hätt *mich* umgebracht ... ich hab mich doch wehren müssen. Der Albert hat rotgesehen!»

Schildknecht blaffte: «Ach ja ... die bekannte Notwehrtheorie!»

«Ach, seien Sie doch still!», herrschte Bienzle den jungen Kollegen an.

«Und von so einem läppischen Schlag stirbt man doch auch gar nicht», sagte Martin Horrenried.

«Spricht aber einiges dafür», antwortete Bienzle.

«Das war kein harter Schlag, bestimmt nicht. Ich bin ja auch körperlich gar nicht so gut beieinander.»

«Warum waren Sie überhaupt dort?»

«Ich hab ihn um Geld bitten wollen. Für meinen Sohn ...»

«Ja, abends um sechs, das wissen wir. Aber Sie sind ja in der Nacht nochmal da gewesen.»

Martin Horrenried nickte. «Ja», sagte er zerknirscht.

Schildknecht meldete sich wieder. So leicht ließ er sich den Mund nicht verbieten. Immerhin hatte er, im Unterschied zu Bienzle, studiert und war Volljurist. Jetzt sagte er: «Und Sie sind nochmal in der festen Absicht hingegangen, Ihren Bruder umzubringen?»

Martin schrie verzweifelt: «Nein! Einen Denkzettel hab ich ihm verpassen wollen – einen Denkzettel, mehr nicht!»

Sein Sohn legte die Hand auf den Arm des Vaters. «Du redest erst wieder, wenn du einen Rechtsanwalt hast.»

«Ja, vielleicht hast du Recht ...»

Bienzle resümierte trotzdem: «Sie wollten seine Maschinen kaputtmachen, er ist dazugekommen, und da wussten Sie sich nicht anders zu helfen ...»

Aber Martin unterbrach ihn: «Er ist doch auf *mich* losgegangen! Ich hab mich nur gewehrt!»

«Ich hol dich da ganz schnell wieder raus», sagte Winfried. «Wir nehmen die besten Anwälte.»

Doch sein Vater schüttelte nur trostlos den Kopf. «Ach, Bub, und von was willst du die bezahlen?»

Bienzle sagte: «Steigen Sie bitte ein, Herr Horrenried!»

Resignierend setzte sich Martin Horrenried in den Polizeiwagen.

Als er davonfuhr, sagte Schildknecht zu Bienzle: «So was nennt man einen schnellen Fahndungserfolg.»

«Man soll den Tag nicht vor dem Abend loben», gab der Kommissar zurück. «Ich fahr nach Stuttgart. Den Rest können Sie ja wohl alleine erledigen.»

Und so kam es, dass er zwei Stunden später an Gächters

Wohnungstür klingelte. Die beiden Männer nahmen sich wortlos in die Arme. Und erst als Bienzle Kerstin begrüßte, fand er die Sprache wieder.

«Das ist eine furchtbare Sache», sagte er.

Unterwegs hatte er über Funk den neuesten Stand erfahren.

30

Ein Motorrad fuhr in Schlangenlinien über ein schmales Sträßchen auf der Albhochfläche. Am Lenker Joe Keller, auf dem Soziussitz Mascha, dazwischen Patrick.

Es war nicht schwierig gewesen, die Maschine vom Parkplatz der Turn- und Festhalle eines größeren Dorfes nicht weit von Backnang zu schieben. Sie hatten sich nicht einmal den Namen des Dorfes gemerkt. Joe hatte die Zündung kurzgeschlossen. Es war ein älteres Modell, bei dem das ohne Schwierigkeiten zu machen war. Die Helme hatten sie von verschiedenen Lenkern anderer Motorräder abgemacht. Es gab noch immer Motorradfahrer, denen es zu mühsam war, ihren Helm überall mit hinzutragen.

Joe genoss die Fahrt, obwohl auch hier die Wolken fast auf den Feldern lagen und die Spitzen der Bäume verhüllten. Vor ihm erschien nun die Silhouette eines kleinen Bauerndorfes. Plakate an Telegrafenmasten und Straßenbäumen hatten schon Kilometer zuvor angekündigt, dass dort das Herbstfest der Musikkapelle stattfand. Es war Freitag. Und wahrscheinlich feierten die Dörfler schon.

Ein kleines Riesenrad, ein Bierzelt, eine Schiffschaukel, Kinderkarussells, Polyp und Achterbahn, Schießbuden, Stände mit gebrannten Mandeln und Zuckerwatte, aber auch

123

mit Planen überspannte Verkaufstische mit Schürzen, Jogginganzügen, Tischdecken und anderen Textilien – es war ein Festplatz, wie er zurzeit an allen Wochenenden in vielen Dörfern zu finden war.

Joe hielt an, alle drei stiegen ab. Joe bockte die Maschine auf.

Mascha fragte Patrick: «Was wollen wir fahren?»

Der Junge war in einer seltsamen Stimmung. Einerseits fand er ganz spannend, was passierte, seitdem Joe erschienen war. Andererseits wurde er die Furcht vor den beiden nicht los. Ohne etwas zu sagen, zeigte er mit ausgestrecktem Arm auf den Polypen.

«Okay», sagte Mascha, «und nachher kaufen wir uns Zuckerwatte.»

«Lieber eine Wurst», sagte Patrick.

Joe trat auf einen Mann zu, der aus dem Bierzelt kam und nicht mehr ganz sicher auf den Beinen war.

«Hallo», sagte Joe.

«Kennen wir uns?», fragte der Mann.

«Nein, leider nicht. Ich muss mal ganz dringend telefonieren. hast du ein Handy?»

«Ja, schon, aber …»

«Ich zahl dir auch die Gebühren.»

Der Mann musterte ihn aus zusammengekniffenen Augen. «Ich kenn dich doch irgendwoher.»

Joe sagte geistesgegenwärtig: «Schaffst du auch beim Rübenach?» Er hatte das Firmenschild am Ortseingang gesehen.

Der andere schüttelte den Kopf. «Beim Daimler in Untertürkheim. Scheißfahrerei jeden Tag!»

«Also, leihst du mir jetzt geschwind dein Telefon? Ich zahl dir auch ein Bier … zusätzlich zu den Gebühren.»

«Das ist doch ein Wort.» Der Mann reichte ihm sein Handy.

Joe ging etwas zur Seite und wählte. Der Mann stolperte hinter das Bierzelt, um zu pinkeln.

Gächter schenkte gerade für Bienzle ein Bier ein, als das Telefon läutete. Die Fangschaltung im Nebenzimmer lief an. Gächter verständigte sich stumm mit den Kollegen. Dann nahm er ab. «Gächter hier.»

«Heut Abend, neun Uhr. Sagen Sie mir Ihre Handynummer, damit ich Ihnen die Anweisungen geben kann.» Das war Joes Stimme.

«Joe, stellen Sie sich. Sie waren es doch gar nicht», sagte Gächter. Er deckte die Muschel ab und sagte zu den Kollegen: «Der muss auf einem Volksfest oder was Ähnlichem sein!»

Bienzle nickte. Auch er hatte über die Lautsprecher die typischen Geräusche wahrgenommen.

Joes Stimme war wieder zu hören. «Ey, Bulle, laber nicht rum! Wir sitzen jetzt am längeren Hebel.»

«Ich will Patrick sprechen», sagte Gächter.

«Das geht grade nicht. Aber machen Sie sich keine Sorgen.» Joes Blick ging zu dem Polypen hinüber. Mascha und Patrick saßen eng aneinander geschmiegt in einer der Kapseln. Der Polypenarm kreiste wie verrückt und bewegte sich gleichzeitig auf und ab, während die Kapsel sich auch noch um sich selber drehte. «Dem geht's richtig gut, er hat sogar 'ne Menge Spaß», rief Joe. «Trotzdem, wenn die Kohle heut Abend nicht rüberwandert, können Sie jetzt schon mal ein Kindergrab bestellen!»

In den Relaisstationen der Telefongesellschaft arbeiteten die Techniker fieberhaft. Sie wussten inzwischen, dass der Anruf von einem Handy kam, sie hatten das System geortet, und nun war es nur noch eine Frage der Zeit, bis sie über den Satelliten zurückverfolgen konnten, wo das Gespräch herkam.

125

Der Handybesitzer kam hinter dem Zelt hervor und schloss umständlich seinen Hosenladen.

Gächter sagte ins Telefon: «Sie sind doch clever, Joe. Also wissen Sie auch, dass es ohne ein Lebenszeichen des Jungen nicht geht.» Der Kommissar suchte mit den Augen immer wieder die Blicke der Kollegen.

Einer nickte ihm heftig zu und machte eine Geste, dazu formulierte er stumm: «Weiterreden, immer weiterreden!»

«Glauben Sie mir doch einfach», hörten sie wieder Joes Stimme.

Unvermittelt schrie Gächter ins Telefon: «Ich will mit Patrick reden, ist das jetzt klar?»

Hinter Joe stiegen Mascha und Patrick aus dem Polypen aus. Mascha war schwindlig. Sie schwankte nicht weniger als der Besitzer des Handys, der auf sein Telefon wartete.

Joe winkte Patrick heran. «Da, dein Onkel ... Aber nicht verraten, wo wir sind!»

«Onkel Günter?»

Gächter sah aus, als ob ihm jemand eine Zentnerlast von den Schultern genommen hätte. «Patrick, Gott sei Dank! Wie geht's dir?»

«Ganz gut.»

Mascha nickte dem Jungen anerkennend zu, Joe hob den Daumen.

Patrick fuhr fort: «Ich bin grade mit dem Polypen gefah...»

Joe riss ihm das Handy aus der Hand und sprach nun selber wieder hinein. «Sie kennen unsere Bedingungen! Ich melde mich wieder.» Er schaltete ab und warf das Handy seinem Besitzer zu.

Der stellte sich beim Fangen ungeschickt an und ließ es fallen. Er bückte sich und maulte: «Das kost dich noch 'n Bier!»

«Du kannst dir dein Bier in die Haare schmieren», sagte Joe böse und packte Patrick fest am Handgelenk.

Mascha fasste den Jungen an der anderen Hand. Sie gingen schnell davon.

Einer der Beamten kam aus dem Nebenzimmer: «Sie haben geortet, wo das Gespräch herkam. Aus Wiesenfeld. Dort ist tatsächlich ein Volksfest. Ein Streifenwagen ist ganz in der Nähe und schon unterwegs.»

«Wissen die Kollegen, dass die beiden bewaffnet sind?», fragte Bienzle besorgt.

«Ich geb's auf jeden Fall nochmal durch», sagte der Kollege.

Bienzle legte Gächter die Hand auf die Schulter. «Das wird schon wieder. Jetzt sag mir bloß noch, wie es dazu kommen konnte, dass der Joe Keller freigekommen ist.»

Gächter sah den Freund an. «Ja, da kommt noch einiges auf mich zu. Im schlimmsten Fall kann ich auch eine Imbissbude aufmachen.»

Bienzle musste unwillkürlich lächeln. «Aber dann pass auf, dass du dir keinen falschen Vertrag unterjubeln lässt ...»

31 Als Joe das Motorrad vom Festplatz lenkte, rutschte das Hinterrad kurz weg. Die Straße war von dem ewigen Nieselregen rutschig geworden. Joe fuhr langsam durch das Dorf und bog dann auf eine Landstraße ab.

Er war noch keine hundert Meter auf ihr gefahren, da tauchte ein Polizeiauto auf. Mit Blaulicht und Martinshorn kam es ihnen direkt entgegen.

Joe bog halsbrecherisch in ein schmales Sträßchen ein. Die

127

Polizisten wurden dadurch erst auf sie aufmerksam und folgten ihnen.

«Mascha, die Pistole», schrie Joe.

Seine Freundin zögerte.

«Was ist denn?» Er lenkte nur noch mit einer Hand, die andere hielt er nach hinten.

Mascha kramte unter ihrer Jeansjacke. Sie zog die Waffe aus ihrem Hosenbund und reichte sie an Patrick vorbei nach vorne. «Was willst du denn damit?»

«Ich lass mich von denen doch nicht kriegen», schrie Joe in den Fahrtwind.

Mascha warf einen Blick zurück. Das Polizeiauto kam schnell näher.

Plötzlich bremste Joe die Maschine ab, riss sie herum, wendete. Mit aufheulendem Motor und schnell zunehmender Geschwindigkeit raste er nun direkt auf das Polizeifahrzeug zu. Zwei Beamte sprangen heraus und rissen ihre Pistolen aus den Gürtelhalftern. Aber da war das Motorrad schon bis auf wenige Meter heran. Ohne die Geschwindigkeit zu verringern, riss Joe den rechten Arm hoch und schoss. Einer der Beamten brach zusammen. Joe raste vorbei. Der zweite Beamte schoss noch zwei-, dreimal hinter dem Motorrad her, aber dann kümmerte er sich um seinen Kollegen, der zusammengekrümmt am Boden lag und vor Schmerzen schrie.

Joe erreichte wieder die Landstraße, bog ab und raste davon. Nach etwa zehn Kilometern lenkte er das Motorrad in einen Waldweg hinein und stoppte im Schutz dicht stehender Bäume. Alle drei stiegen ab.

Patrick war völlig außer sich. Er schrie: «Du hast ihn erschossen! Du hast ihn erschossen, du hast ...!»

Joe hielt ihm den Mund zu. «Er oder ich ... verstehst du? Das ist jetzt der Kampf. Und wir werden gewinnen.»

Aber der Junge war nicht zu beruhigen. Als Joe ihn losließ, schrie er erneut: «Du hast ihn umgebracht! Du hast ihn umgebracht ...»

Mascha sagte dumpf: «Joe, es geht schief!»

«Du hast ihn erschossen!», schrie Patrick weiter.

Plötzlich brüllte Joe: «Halt's Maul, verdammt nochmal!» Er schlug den Jungen so heftig ins Gesicht, dass er zu Boden stürzte.

Mascha rannte sofort zu Patrick und nahm seinen Kopf in die Arme. Leise sagte sie: «Das hat der Joe nicht so gemeint. Es tut ihm garantiert jetzt schon Leid.»

Joe war ein paar Schritte gegangen und vor den Waldsaum getreten. Er bückte sich, griff nach einem Stein und schleuderte ihn mit einem wütenden Aufschrei von sich. Laut schimpfend flog eine Schar Spatzen auf.

Bienzle und Gächter waren ins Präsidium gefahren. Unterwegs hatte Gächter seinem Freund gestanden, wie er Gerry Adler mit windigen Beweisen hinter Gitter gebracht hatte, um Joe freizubekommen. Bienzle hatte wenig dazu gesagt. Er verstand den Freund. Aber er wusste auch, was Gächter blühte, wenn das alles ans Licht kam.

Im großen Konferenzsaal tagte der Krisenstab mit dem Leiter des Sondereinsatzkommandos. Der Bericht von den Geschehnissen auf der Schwäbischen Alb war gerade hereingekommen.

Ein Kollege fing Bienzle und Gächter an der Tür ab und sagte flüsternd: «Der Gollhofer hat nochmal alle Leute in dem Bürohaus befragen lassen. Niemand hat Adler auf dem Korridor gesehen.»

«Wenn einmal was schief geht, geht alles schief!», kommentierte Bienzle.

Gächter hob nur die Schultern. Er war jetzt wie paralysiert.

Der Präsident informierte die Anwesenden: «Zwei Beamte von der Schutzpolizei wollten sie stellen, aber Keller hat sofort geschossen. Einer der Beamten ist lebensgefährlich verletzt. Das Kind hatten Keller und Mascha Niebur bei sich.»

Staatsanwalt Roller kam herein. Er maß Gächter mit einem kalten Blick. «Jetzt wissen wir also, wozu dieser Joe Keller fähig ist.»

Bienzle sagte: «Der ist halt wie ein Tier, das in die Enge getrieben ist.»

«Wir müssen uns auf die Geldübergabe einlassen», sagte der Präsident. «Das Leben des Kindes ist jetzt ernsthaft in Gefahr.»

«Ausgeschlossen!», protestierte der Staatsanwalt.

«Es ist der einfachste und schnellste Weg, um an die beiden heranzukommen», sagte der Präsident.

Roller ereiferte sich: «Und wenn die Aktion misslingt, dann läuft nicht nur ein Mörder frei herum, sondern auch noch mit unserem Geld!»

Der Präsident nahm wieder das Wort: «Es wird natürlich eine fingierte Geldübergabe ...»

«Außerdem ist Joe Keller nicht der Mörder Lohmanns», meldete sich Bienzle.

Alle schauten ihn an. Plötzlich war es ganz still im Raum.

Der Staatsanwalt lachte kurz auf, wie jemand, der es besser weiß: «Behaupten Sie immer noch, dass es Gerry Adler war?»

«Nein, es war Mascha Niebur. Die Spurensicherung hat Anhaftungen von ihrem Mohairpullover an Lohmanns Hemdbrust festgestellt. Außerdem kann Dr. Kocher genau rekonstruieren, wie die Mordwaffe, also die Büroschere, geführt wurde. Mascha Niebur muss unter Lohmann gelegen haben. Kocher geht davon aus, dass Lohmann versucht hat, die junge Frau zu vergewaltigen.»

«Und das hat man beim Haftprüfungstermin noch nicht wissen können?», belferte der Staatsanwalt.

«Ich weiß nicht, wie intensiv Sie sich darum bemüht haben, Herr Staatsanwalt», sagte Bienzle mit einem süffisanten Lächeln. «Ein schriftlicher Bericht lag allerdings zum fraglichen Zeitpunkt noch nicht vor.»

«Woher wollen Sie das denn alles wissen? Ich denke, Sie haben irgendwo draußen im Schwäbischen Wald ermittelt», sagte Gollhofer giftig. Es passte ihm überhaupt nicht, dass der Kollege Bienzle alles an sich riss.

Der nickte. «Ja, wir hatten dort heute eine Festnahme mit handfesten Indizien. Trotzdem bin ich mir nicht sicher, ob wir schon den Richtigen haben.»

«Sie haben sogar ganz sicher den Falschen!» Das war Dr. Kocher. Er hatte, von den anderen unbemerkt, den Saal betreten, während Bienzle gesprochen hatte. «Albert Horrenried wurde zwar mit der Eisenstange niedergeschlagen, die Ihre Leute gefunden haben, aber gestorben ist er daran nicht.»

Bienzle seufzte. «Hat mich also meine Ahnung nicht getrogen.»

«Kann ich mal darauf hinweisen, dass wir es hier mit einem anderen Fall zu tun haben?», bellte der Staatsanwalt.

«Danke für den Hinweis», sagte der Präsident in seiner noblen Art. «Ich habe zusammen mit Hauptkommissar Gollhofer den folgenden Plan erarbeitet ...»

Bienzle unterbrach seinen Chef nochmal. «Mit Ihrer Erlaubnis würde ich mich gerne von Herrn Dr. Kocher über meinen Fall informieren lassen.»

Der Präsident nickte nur und widmete sich dann den Aufzeichnungen, die er an den Rändern aufstieß und dann akkurat vor sich auf den Tisch legte, um sie Blatt für Blatt abzuarbeiten.

131

32 Bienzle und Dr. Kocher gingen in die Kantine. Seitdem Kocher eine kurze Affäre mit Hannelore Schmiedinger gehabt hatte, war das Verhältnis zwischen den beiden Männern, das früher fast freundschaftlich gewesen war, bis kurz über den Gefrierpunkt abgekühlt.

«Albert Horrenried ist zwar mit einer Eisenstange niedergeschlagen worden, aber daran ist er nicht gestorben», sagte Kocher nochmal, als sie sich an einen der Resopaltische setzten und ihre Kaffeetassen abstellten.

«Und woran ist er gestorben?»

Kocher wollte seinen Triumph genießen. Er holte weit aus. «Die Eisenstange hat die Stirn gestreift, das hat zu einer stark blutenden Platzwunde geführt. Und dann hat der Schlag – abgeschwächt – die rechte Schulter getroffen, aber es ist nichts gebrochen oder gar zertrümmert. Es ist also ein eher schwacher Schlag gewesen. Vielleicht ist Albert Horrenried eine Zeit bewusstlos gewesen, aber gestorben ist er daran nicht.»

«Aber Ihr Kollege, dem Horrenried sein Hausarzt, hat doch g'sagt ...»

Kocher winkte geringschätzig ab. «Woher soll der das denn so genau wissen? Der Mann ist ein einfacher Landarzt, der kuriert die Leut bei Grippe, und wenn's schlimmer wird, überweist er sie ins Krankenhaus oder an einen Spezialisten.»

Bienzle ärgerte sich. Musste Kocher so überheblich daherreden? «Klingt ziemlich arrogant», sagte er dann auch.

«Bei der Wahrheit ist das manchmal so.» Der Pathologe lächelte selbstzufrieden. Er freute sich, dass ihm die Replik eingefallen war.

«Dann ist er also an seinem schwachen Herzen gestorben? Und der Schlag war nur der mittelbare Auslöser?»

Kocher sah ihn überrascht an. «Ein schwaches Herz hat er gehabt, das stimmt.»

«Und die perforierte Aorta ...», schob Bienzle nach und kostete nun seinerseits den kleinen Triumph aus.

Kocher starrte ihn an wie das siebte Weltwunder.

Bienzle setzte noch einen drauf: «... Und so nah am Herzen ...»

Der andere fing sich wieder. Bevor er Bienzle fragen würde, woher der das alles wusste, würde er sich lieber die Zunge abbeißen.

Aber der Kommissar gab ganz von selber Auskunft: «Weiß ich alles von dem Landarzt, der seine Patienten meistens bloß ins Krankenhaus überweist.»

Kocher überhörte das. Er dozierte weiter: «Es hat nichts mit dem Herzen zu tun. Der Herr Horrenried ist erstickt. Die Sägemehlpartikel sind tief in die Luftröhre und bis in die Lungenflügel eingedrungen. Das heißt, da hat er noch geatmet. Wenn auch nimmer lang!»

Bienzle hörte dem Pathologen aufmerksam zu. «Jetzt langsam. Sie wollen sagen: Er ist niedergeschlagen und dann im Sägemehl erstickt worden?»

«Ja. Vielleicht hat ihn auch einer einfach mit Sägemehl zugeschüttet.»

«Könnte das auch eine Frau gewesen sein?»

«Warum net?»

«Und ist das alles kurz hintereinander passiert? Oder lag eine Zeit dazwischen?»

«Ziemlich viel Zeit sogar. Mindestens zwei Stunden. Genau wissen wir es erst nach der Gefäßanalyse. Auch wir können nicht alles auf einmal ...»

«Ja, ich weiß: ‹Scheißa, Kraut hacke ond em Pfarrer d'Hand gebe›, wie der Schwabe sagt. Aber jetzt nochmal: Niedergeschlagen worden ist er wann?»

«So gegen elf Uhr – eher etws später ...»

«Erstickt wurde er demnach gegen ein Uhr, seh ich das richtig?»

«Eins, halb zwei ...»

Der Kommissar nickte. «So viel zum Thema schnelle Fahndungserfolge.»

33 Bienzle beschloss, erst am nächsten Morgen nach Heimerbach zurückzukehren. Er fuhr in seine neue Wohnung und kam gerade richtig, um Hannelore dabei zu helfen, die Arbeitsutensilien wegzupacken. Hannelore hatte ihr Atelier gestrichen und anschließend die Fenster geputzt. Der Raum war trotz des schlechten Wetters draußen ungewöhnlich hell – ein Vorbau, der an drei Seiten verglast war und dessen Decke im vorderen Drittel abgeschrägt und ebenfalls verglast war. Hannelore hatte schon ihre Staffelei aufgestellt. Sie war glücklich.

In der Küche aßen sie zusammen und tranken ein Glas Wein. Draußen wurde es langsam dunkel. Der Nieselregen hatte aufgehört. Erste helle Streifen marmorierten das gleich bleibende Grau des Himmels.

Bienzle erzählte, wie es Gächter ergangen war, und Hannelore war es dann, die sagte: «Du kannst ihn jetzt nicht alleine lassen. Er braucht dich doch.»

Bienzle nickte. «Ich hab mir den heutigen Abend zwar anders vorgestellt, aber du hast natürlich Recht.»

Gächter hielt die Spannung kaum mehr aus. Er ging in seinem Wohnzimmer auf und ab. Die Sporttasche mit dem Geld stand in der Mitte des Raums. Jetzt ging er zum Fenster, blieb breitbeinig stehen und starrte hinaus in die Dunkelheit. So

stand er da, als Kerstin seinen Freund und Kollegen herein-
führte.

Bienzle sagte: «Ich hab mit Gollhofer und dem Präsidenten
telefoniert. Sie wären damit einverstanden, wenn ich die
Geldübergabe mache.»

Ohne sich umzudrehen, sagte Gächter. «Ihr traut mir das
nicht zu? Oder bin ich schon suspendiert?»

«Red keinen Blödsinn», sagte Bienzle. «Aber du bist jetzt
die ganze Zeit schon nervlich so angespannt, da macht man
leicht einen Fehler.»

«Ja, ja, Fehler hab ich schon genug gemacht, das willst du
doch sagen, oder?»

«Wenn du's absolut hören willst: Ja. Aber die hätte jeder
von uns gemacht in deiner Situation. Also hör auf, dich damit
großzutun. Jetzt geht's doch wirklich nur um eins – dass wir
endlich das Kind freibekommen!»

Die Diskussion wurde vom Telefon unterbrochen. Bienzle
ging hin, wartete, bis die Kollegen das Zeichen gaben, dass er
abheben konnte, und meldete sich dann: «Hier ist Hauptkommissar Bienzle. Wir kennen uns. Ich war mit einem anderen Fall beschäftigt, aber jetzt haben Sie's wieder mit mir zu
tun. Ich habe das Geld!»

Joes Stimme war zu hören: «Die Spielregeln bestimme
ich.»

Bienzle antwortete hart: «Ja, das glauben Sie! Aber wenn
Sie an das Geld herankommen wollen, geht das nur mit mir.»

Der andere lenkte ein. «Na gut, von mir aus. Sie kommen
Punkt 22 Uhr in die U-Bahn-Haltestelle Klettpassage. Allein.
Gehen Sie davon aus, dass wir ab jetzt jeden Ihrer Schritte beobachten ... Und bringen Sie Ihr Handy mit. Geben Sie mir
die Nummer.»

Bienzle gab Joe die Nummer. Seine Stimme war ruhig,

135

ohne jedes Anzeichen von Nervosität. Dann sagte er: «Ich tausche das Geld gegen den Jungen.»

«Zug um Zug. Ganz klar!» Joe legte auf.

«Haben Sie denn gar keine Angst?», fragte Kerstin anschließend.

«Doch und wie!», sagte Bienzle.

34 Punkt 22 Uhr betrat Bienzle die Klettpassage. Es war noch viel Betrieb, als er das Rollband von der Königstraße aus hinunterging. Er musste einen Bogen um ein paar Trinker machen, die am Boden saßen.

«Hast du mal 'ne Mark?», fragte ihn einer.

«Wenn Sie wüssten», gab Bienzle zurück, hob die Tasche leicht an, griff mit der anderen Hand in seine Jackentasche und zog ein Fünfmarkstück heraus. Das reichte er dem Mann. Bienzle war das schon gewöhnt. Wo immer ein Bettler stand oder saß, schon aus hundert Metern Entfernung guckte er sich Bienzle aus. Ob einem die Gutmütigkeit so ins Gesicht geschrieben war?

Jetzt sprach der Bettler einen anderen Mann an. «Hast du mal 'ne Mark?»

«Ich hab selber nichts», sagte der und ging schnell weiter.

«Dann versuch's doch mal mit Arbeit», rief ihm der obdachlose Trinker nach.

Bienzle hätte ihm dafür am liebsten nochmal fünf Mark gegeben. Er ging ohne Eile am Zeitungskiosk vorbei und warf dreißig Meter weiter einen sehnsüchtigen Blick in den Metzgerladen, der warmen Leberkäse und Fleischküchle anbot, die andernorts Buletten hießen.

Aus den Augenwinkeln sah er den einen oder anderen Kollegen. Sie waren als normale Passanten getarnt oder schoben in den Läden als vermeintliche Verkäufer Dienst. Als Bienzle am Ende der Passage ankam, wo ein zweiter Zeitungskiosk und ein Blumenladen nebeneinander lagen, meldete sich endlich sein Handy.

Er schaltete es so ein, dass jeder der in der Nähe versteckten Kollegen es sehen konnte. «Ja?»

«Gehen Sie die Treppe hinunter!»

Bienzle wendete sich der Treppe zu. Dort unten fuhren die Bahnen Richtung Degerloch und Sillenbuch ab. Ohne Eile stieg er hinab und erreichte schließlich die unterste Ebene.

Eine Bahn verließ grade die Station. Ein paar Buben kickten mit einer Coladose. Eine Frau auf einer Bank gab ihrem Baby das Fläschchen. Ein Betrunkener redete laut vor sich hin. Ein junges Paar knutschte hingebungsvoll.

Bienzle hielt weiter das Handy ans Ohr. Er kam sich dabei seltsam vor, obwohl es doch inzwischen durchaus üblich war, dass Menschen im Gehen telefonierten. Aber er konnte das nicht. Er konnte überhaupt nicht mehrere Dinge auf einmal tun, wie Gächter zum Beispiel, der Zigaretten drehen, telefonieren und dabei noch Kaffee trinken konnte.

Joes Stimme befahl: «Weiter zur Wand, noch weiter ... Gehen Sie langsamer ...»

Bienzle befolgte die Anweisungen. Jetzt fiel sein Blick auf eine Eisentür, die flach in die Betonwand eingelassen war.

Draußen im unteren Schlossgarten, dort, wo man über eine leichte Schräge aus der Klettpassage in den Park und zum Nordausgang des Bahnhofs gelangen konnte, stand als Einsatzzentrale ein Bus der Polizei. Der Präsident, Gollhofer und

Gächter lauschten gespannt dem Dialog zwischen Joe und Bienzle. Bienzles Stimme war doppelt zu vernehmen – einmal aus dem Handy, das die Techniker angezapft hatten, und zum anderen über das Mikrofon, das er unter seinem Hemd direkt auf dem Körper trug.

«Sind Sie allein?», fragte Joes Stimme.

«Das sehen Sie doch wohl, oder?»

Der Präsident sah die anderen an. «Das macht er doch gut!»

Bienzle war jetzt nur noch wenige Schritte von der Eisentür entfernt und ging weiter auf sie zu.

«Halt!»

Bienzle blieb stehen. Die Beamten in ihren Lauerstellungen machten sich startbereit. Bienzle sah, wie sich die Eisentür öffnete. Zunächst nur einen Fingerbreit. Dann eine Handbreit, sodass er jetzt hineinschauen konnte. Er sah Joe, der die Pistole an den Kopf von Patrick hielt. Bienzle zog den Reißverschluss der Tasche auf.

Im Polizeibus erschien das Bild auf einem Monitor. Es war gelungen, endlich eine Verbindung zu den Überwachungskameras zu schalten. Man sah, wie Bienzle sich bückte, um die Tasche zu öffnen. Und nun verdeckte er auch den Blick auf Joe, Mascha und den Jungen nicht mehr.

«Alles bleibt an seinem Platz», kommandierte der Präsident. «Wir unternehmen nichts, bevor das Kind nicht frei ist.»

Der Blick auf die Geldbündel war frei. Bienzle richtete sich wieder auf und sah Joe in die Augen. «Erst das Kind!»

«Okay, komm näher, Bulle!», sagte Joe.

Der Kommissar schob die Tasche mit dem Fuß näher zur Eisentür und machte zwei Schritte. Hinter ihm lösten sich einige der Beamten aus ihrer Erstarrung und bewegten sich auf die Gruppe zu.

Joe sah es aus den Augenwinkeln. Er zog die Waffe hoch und zielte auf Bienzles Kopf. «Von wegen, allein!»

Bienzle schrie: «Patrick, renn! Los, renn!»

Der Junge rannte los. Gleichzeitig ging Bienzle auf Joe zu, um mit seinem Körper Patrick zu decken. Joe machte einen schnellen Schritt aus der Tür. Die Waffe war noch immer auf die Stirn des Kommissars gerichtet. Jetzt setzte sie Joe direkt auf seine Schläfe auf. Gleichzeitig bückte er sich nach der Tasche und packte sie.

Die Beamten blieben abrupt stehen. Joe warf die Sporttasche hinter sich, packte Bienzle am Oberarm und zog ihn, während er die Pistole weiterhin an seine Schläfe hielt, hinein. Die Eisentür wurde zugeschlagen und der Schlüssel drehte sich, bevor irgendein Beamter etwas unternehmen konnte.

Zwei Polizisten kümmerten sich um Patrick, die anderen versuchten erfolglos, die Tür aufzubrechen.

Ein weiterer gab über Funk die Meldung durch. «Das Kind ist frei. Die Täter haben Bienzle als Geisel genommen.»

35 Die Gänge waren muffig und feucht. Der glitschige Boden senkte sich etwas. Von allen Seiten hörte man das Gurgeln der Abwässer. Bienzle musste vorausgehen. Joe hatte die Waffe in Bienzles Genick gesetzt.

«Keine Bange, ich kenn mich hier aus», sagte er. «Einer meiner letzten glorreichen Jobs war bei der Kanalreinigung, bevor ich mich selbstständig gemacht habe. Das ist es, was sie dir beim Arbeitsamt anbieten, wenn überhaupt.»

«Sie reden ein bisschen viel», sagte Bienzle.

«Ich hab ja auch was zu erzählen. Ich hab den berühmtesten Bullen von Stuttgart gefangen.»

Sie erreichten eine Art Plattform.

«Stehen bleiben», befahl Joe. Er gab Mascha die Waffe und stieg eine Eisenleiter hinauf. Mascha hatte die ganze Zeit noch kein Wort gesprochen.

Am oberen Ende der Leiter stemmte Joe mit der Schulter einen Kanaldeckel hinaus. Man hörte das scharrende Geräusch, als er über den Asphalt geschoben wurde.

Der junge Mann stieg hinaus und sah sich sichernd um. Er stand auf einem kleinen Platz in der Altstadt, nicht weit von der Eberhardstraße. Kein Mensch war zu sehen.

«Los jetzt!», rief er in den Schacht hinein.

Bienzle stieg hinauf und schob die Tasche hinaus, dann kletterte er vollends heraus. Mascha folgte. Joe schob den Deckel wieder zurück.

In einer Hofeinfahrt stand ein Motorrad. Bienzle glaubte nicht, dass es dasselbe war, mit dem die beiden auf die Alb gefahren waren. Die Nummer war inzwischen polizeibekannt und überall wurde nach dem Fahrzeug gefahndet.

«Sie haben das Geld, hauen Sie ab und lassen Sie mich laufen», sagte Bienzle.

«Erst wenn ich sicher bin, dass die Kohle komplett ist.» Joe nahm Bienzle die Tasche ab und trug sie zu dem Motorrad. Er stellte sie auf den Tank. Die Waffe hatte er Mascha wieder abgenommen und auf Bienzle gerichtet.

In der Einsatzzentrale hatte man den Kontakt zu Bienzle verloren, nachdem er in den Katakomben unter der Stadt verschwunden war. Nun hörten sie ihn plötzlich wieder.

«Sie werden mich nicht erschießen», sagte Bienzle.

«Ich hab den Lohmann gekillt und einen Polizisten», hörte man Joe.

Es war, als redete Bienzle jetzt um sein Leben. Er hoffte natürlich, dass ihn die Kollegen orten konnten. Er stand den beiden in dem dunklen Hauseingang gegenüber. «Den Lohmann hat Mascha erstochen. Vermutlich in Notwehr. Der Polizeibeamte ist zwar schwer verletzt, aber er wird überleben. Doch es war ein Mordversuch, und er geht auf Ihr Konto, Joe. Genauso, wie die Kindesentführung auf Maschas Konto geht.»

«Ja, ja, das wissen wir auch alles», schrie Mascha. «Los, Joe, wir packen das Geld in die Satteltaschen um.»

«Wenn Sie genauer in die Tasche schauen, werden Sie mich erschießen müssen, Joe», sagte Bienzle.

«Was ist los?»

Mascha schrie hysterisch: «Da ist kein Geld drin, hast du das nicht kapiert?»

«Und ich werde Ihnen dabei in die Augen sehen», fuhr Bienzle ungerührt fort.

«Was soll denn der Scheiß?», schrie Joe. «Habt ihr uns also doch gelinkt?»

«Da ist schon Geld drin, aber keine Viertelmillion! Unter der ersten Schicht ist Zeitungspapier», sagte der Kommissar.

Joe riss die Tasche auf. In diesem Augenblick hörten sie die ersten Martinshörner, die schnell näher kamen und sich zu vermehren schienen.

Joe setzte die Waffe an Bienzles Stirn.

Bienzle sagte: «Viel muss ich mir nicht vorwerfen, wenn jetzt tatsächlich Schluss sein sollte.»

«Das hast du uns eingebrockt!», schrie Joe.

Und Bienzle konnte es nicht lassen zu sagen: «Das haben

141

Sie sich alles selber eingebrockt. Und jetzt noch ein Mord. Sie meinen wohl, darauf käm's jetzt auch nicht mehr an.»

Mascha schrie: «Joe, wir müssen weg!»

«Wir haben ihn doch als Geisel», schrie ihr Freund zurück.

«Das wird Ihnen nicht viel bringen. Der Staat lässt sich nicht erpressen», sagte Bienzle.

Mascha hatte sich auf das Motorrad geschwungen und startete es jetzt.

Bienzle sagte: «Sie haben keine Chance – so oder so!»

Mascha war dicht herangefahren. Sie griff nach ihrem Freund. «Los, komm!»

Die Mündung der Pistole rutschte von Bienzles schweiß-überströmter Stirn ab, weil Mascha an Joes Arm gezogen hatte. Bienzle schlug hart gegen dessen Arm. Die Waffe glitt dem jungen Mann aus der Hand und trudelte über den noch immer regennassen Asphalt.

Die Martinshörner waren jetzt ganz in der Nähe. In den Fenstern der umliegenden Häuser sah man den Widerschein der kreiselnden Blaulichter. Endlich sprang auch Joe auf das Motorrad auf. Mascha raste los, und zwar just in dem Moment, da die ersten Polizeieinsatzfahrzeuge mit quietschenden Reifen in die Gasse einbogen. Doch in der Stuttgarter Altstadt gibt es noch immer Durchlässe, Gassen und schmale Staffeln, die von Motorrädern und Fahrrädern passiert werden können, nicht aber von Autos. Und so gelang es Mascha und Joe, noch einmal zu entkommen.

36 Bienzle wurde von zwei Kollegen zur Einsatzzentrale gebracht. Dort saß Patrick in eine Decke gehüllt und aß genüsslich eine Currywurst. Gächter stand auf, als Bienzle hereinkam, und nahm den Freund stumm in die Arme.

Bienzle tätschelte ihm die Schulter und sagte: «Jetzt brauch ich erst einmal einen Schnaps – einen doppelten nach Möglichkeit.»

«Nach dem, was Sie alles durchgemacht haben, kriegen Sie natürlich sofort Urlaub», sagte der Präsident.

«Ich *hab* Urlaub», sagte Bienzle, «haben Sie das vergessen?»

«Ach ja, richtig. Und Sie sollten sich auch in die Behandlung von Dr. Burgbacher begeben.»

«Wer ist denn das?», fragte Bienzle.

«Unser Polizeipsychologe, wissen Sie das nicht?»

«Ach so, der. Ich glaub, ich geh lieber heim zu meiner Hannelore, die ist für meine Psyche garantiert besser.» Aber dann wendete er sich doch erst noch Patrick zu. «Grüß dich, Patrick, ich bin der Bienzle.»

«Ja, der Onkel Günter hat schon viel von dir erzählt», sagte der Junge mit vollem Mund.

Erst als Bienzle die Einsatzzentrale verließ, erfuhr er von Kollegen, wie die Jagd auf Mascha und Joe zu Ende gegangen war.

Mascha hatte sich durch enge Gassen und Hausdurchlässe geschmuggelt und war auf der Höhe des Südheimer Platzes auf die B 14 gekommen, die wie ein schmerzhafter Schnitt durch Stuttgarts Zentrum führt. Kurz vor dem Friedrich-Wilhelm-Platz tauchte die erste Straßensperre auf, die sie grade noch umfahren konnte, aber bei diesem Manöver wurden die beiden erkannt. Und alle verfügbaren Polizeikräfte machten Jagd auf sie.

Mascha bretterte durchs Leonhardtsviertel, vorbei an den Huren, die hier standen und sie wüst beschimpften. Sie erreichte die Breuninger Hochgarage. Das Motorrad schlüpfte zwischen dem Schlagbaum und der Betonwand hindurch und donnerte die eng gewundenen Serpentinen hinauf bis zu den Stellplätzen auf dem Dach. Hier hielt Mascha an. Beide stiegen ab.

«Wir haben keine Chance», sagte Mascha.

«Genau genommen haben wir nie eine gehabt.» Joe legte beide Arme um sie und zog sie dicht an sich. Sie küssten sich und versuchten zu ignorieren, dass vor dem Parkhaus mehrere Polizeifahrzeuge heranfuhren. Sie küssten und streichelten sich weiter, als sie das erste Fahrzeug schon im Inneren des Parkhauses die Rampe heraufkommen hörten.

«So eine große Liebe», sagte Mascha leise.

Ihre Gesichter waren jetzt tränenüberströmt. Sie ließen erst voneinander ab, als das erste Polizeifahrzeug auf dem Dach erschien und seine Scheinwerfer das Paar in gleißendes Licht tauchten.

Joe setzte sich auf das Motorrad. Mascha stieg hinter ihm auf und klammerte sich fest an ihn. Joe fuhr los.

Die Parkfläche auf dem Dach des Parkhauses war zwar durch Betonriegel gesichert, aber dazwischen waren Lücken, die einem Motorrad genug Platz boten, um hindurchzufahren. Das Motorrad schoss durch eine dieser Lücken und machte einen großen Satz in die Nacht hinein. Dem Aufprall auf der Fahrbahn folgte eine hohe gelbrote Stichflamme. Die beiden waren auf der Stelle tot.

Hannelore bemerkte Bienzles Trauer sofort. Er war den Tränen nahe, als er ihr erzählte, wie sich die beiden jungen Leute in ihr eigenes Unglück hineingestrudelt hatten – «eigentlich nur, weil sie sich so sehr geliebt haben», sagte er. Und wie um auf andere Gedanken zu kommen, setzte er im gleichen Atemzug hinzu: «Morgen muss ich nochmal kurz nach Heimerbach.»

«Das hab ich mir schon gedacht», sagte Hannelore.

In dieser Nacht schlief Bienzle dicht an Hannelore gekuschelt. Und als er am Morgen aufwachte, empfand er ein Gefühl tiefer Geborgenheit.

37 Das Gefängnistor der Strafvollzugsanstalt in Schwäbisch Hall öffnete sich. Martin Horrenried trat heraus. Er wunderte sich, dass sein Sohn Winfried ihn nicht abholte. Stattdessen stieg Bienzle aus seinem zivilen Dienstwagen.

«Es tut mir Leid», sagte der Kommissar ein wenig verlegen.

«Die ganze Zeit hab ich denken müssen: Jetzt bist du eingesperrt und kommst vielleicht nie wieder raus!», sagte Martin Horrenried mit einem tiefen Seufzer. Er sah sich um, als ob er die Welt neu entdecken würde. Der Himmel war zum ersten Mal seit vielen Tagen wieder klar. Die Vögel sangen und an den Hängen leuchteten die Herbstblätter in den buntesten Farben.

«Aber jetzt haben Sie's ja erst amal überstanden», sagte Bienzle.

«Erst amal?»

«Der Staatsanwalt sieht keine Flucht- und Verdunkelungsgefahr, aber Ihr Fall wird weiter untersucht. Die Körperverletzung und die Sachbeschädigung bleiben sowieso, und wie Ihr Bruder genau zu Tode gekommen ist, müssen wir erst noch rausbringen!»

«Ich hab den Albert nicht umgebracht und ich hab ihn auch nicht umbringen wollen», sagte Martin Horrenried, Trotz in der Stimme.

«Aber Sie haben ihn verletzt. Man könnt auch sagen: ‹kampfunfähig gemacht›.»

Martin schaute Bienzle von der Seite an. «Suchen Sie jetzt vielleicht nicht bloß eine Entschuldigung dafür, dass Sie mich so ruck, zuck eingebuchtet haben?»

Bienzle schmunzelte. «Weiß nicht ... könnte sein.»

Winfried schob grade ein Motorrad aus seiner Werkstatt heraus, als am gegenüberliegenden Straßenrand Bienzles Auto hielt. Martin Horrenried stieg aus. Er hatte wieder den kleinen schäbigen Koffer bei sich.

«Ich hab gedacht, du holst mich ab», sagte er zu seinem Sohn.

«Ich hab gar nicht gewusst, dass du wieder rauskommst», sagte Winfried.

«Freust du dich denn nicht?»

«Doch schon, aber ich bin halt auch überrascht. Was ist denn passiert?»

«Ich kann dir gar nicht sagen, wie erleichtert ich bin. Ich hab den Albert zwar verletzt, aber gestorben ist er davon nicht.»

«Sondern?»

«Irgendeiner muss noch nach mir gekommen sein und die Situation ausgenützt haben. Der Albert ist im Sägmehl erstickt worden, hat mir der Kommissar grade erzählt. Aber da war ich schon lange wieder daheim.»

«Und woher weiß die Polizei, dass du da schon lang wieder daheim warst?»

«Na, von dir! Du hast das doch auf der Wache ausgesagt!»

Bienzle war noch ein bisschen im Auto sitzen geblieben, um das Wiedersehen von Vater und Sohn zu beobachten. Ganz so, wie er es sich vorgestellt hatte, war es nicht ausgefallen.

Bechtle räumte grade seinen Schreibtisch auf, als Bienzle und Schildknecht auf die Revierwache kamen. Im Hintergrund arbeitete ein weiterer Beamter, der ihnen bisher noch nicht aufgefallen war. Bechtle hatte in einer halben Stunde Feierabend und normalerweise rechnete er den Weg nach Haus zur Arbeitszeit. Darum schaute er jetzt auch nervös auf die Uhr.

Bienzle ließ sich vor Bechtles Schreibtisch auf einen Stuhl fallen. «Jetzt könnet mir also grad wieder von vorne anfangen.»

Bechtle fuhr herum. «Hä?»

«Der Martin Horrenried war's nicht. Also wer?»

«Also, ich denke ja, es war die Geliebte von Albert Horrenried. Die ist genau der Typ», sagte Schildknecht.

Bienzle schaute zu ihm auf. «Sie sollten sich langsam etwas zurückhalten mit ihren vorschnellen Urteilen. Was ist mit dem Arbeiter, den er entlassen hat?»

Schildknecht rief, stolz, dass er den Namen sofort parat hatte: «Peter Mahlbrandt!»

«Ja, genau», sagte Bienzle, «der Mahlbrandt ist noch lange nicht aus dem Schneider. Und auch der Martin Horrenried könnte ja zurückgekommen sein oder er hat einfach zwei Stunden gewartet und seinen Bruder dann erstickt.»

«Die Jäger können's auch gewesen sein – die hätten ja am meisten profitiert, wenn es das Testament tatsächlich gegeben hätte», schlug Schildknecht vor.

Und diesmal nickte Bienzle sogar beifällig.

«Bisher haben wir aber noch kein Testament gefunden»,

147

sagte Bechtle. «Bloß a Häufle Asche im Mülleimer unter der Spüle.»

«Die Kranzmeier könnte das Testament verbrannt haben, nachdem sie den Horrenried umgebracht hatte», sagte Schildknecht.

«Und was hätt die davon?», wollte Bechtle wissen.

«Gute Frage», meinte Bienzle. «Hilft uns die Asche irgendwie weiter?»

Bechtle holte den Bericht der Spurensicherung aus dem Eingangskorb und schob ihn über den Tisch, damit Bienzle ihn selber lesen konnte.

Aber der spielte nicht mit. «Sagen Sie's mir!»

Bechtle wurde noch nervöser, schaute erneut auf die Uhr. Er stand auf und zog schon mal seine Ziviljacke an. «Die von der Spurensicherung haben herausgefunden, dass es sich um normales Briefpapier gehandelt hat, aber was draufstand, ist nicht mehr zu rekonstruieren.»

«Erzählen Sie mir mal a bissle was über diesen Oberjäger ...»

«Sie meinen den Hajo Schmied? Also, ich muss jetzt wirklich langsam los. Heut Abend haben wir Stiftungsfest vom Gesangverein. Ich bin im Vorstand und sing Erster Tenor!»

Bienzle blieb hartnäckig. «Er ist ein enger Freund des Verstorbenen gewesen, net wahr?»

«Ja, ich glaub schon.»

Bienzle wandte sich an Schildknecht: «Kümmern Sie sich um den Jägerverein. Ich will alles über die Kerle wissen. Der Kollege Bechtle hilft Ihnen dabei.» Damit ging er hinaus.

Schildknecht schaute Bechtle an. Der seinerseits schaute den Kollegen an, der am hinteren Schreibtisch saß. «Der Kollege Hoffmann kann Ihnen da weiterhelfen», sagte er und schickte sich ebenfalls an, den Raum zu verlassen.

Hoffmann sah zum ersten Mal auf. Er war ein Mensch, den man nicht bemerkte, solange er nicht auf sich aufmerksam machte, und genau das versuchte er stets zu vermeiden.

«Ich hab's ja kommen sehen», sagte er jetzt resignierend.

38 Martin Horrenried saß in seinem Wohnzimmer am Klavier und spielte eine einfache Beethovensonate. In diesem Raum deutete alles auf die musikalische Vergangenheit des Hausherrn hin. Auf dem Klavier stand eine Beethovenbüste, daneben eine Trompete. An den Wänden hingen Bilder von Konzerten, gerahmte handschriftliche Partituren, Fotos berühmter Interpreten, zum Teil mit persönlicher Widmung.

Winfried kam herein. Er hatte sich ausgehfein gemacht, um zum Stiftungsfest des Gesangvereins zu gehen. Martin hatte seinen Sohn immer wieder gebeten, nicht zu den Veranstaltungen des Liederkranzes zu gehen. Er hatte selbst ein paar Jahre lang den Gesangverein dirigiert und ihn damals zu einer Leistungsfähigkeit geführt, die der Chor später niemals auch nur annähernd wieder erreichte. Seinem Bruder Albert war es dann aber gelungen, den Vorstand mit Geld und bösen Worten dazu zu überreden, den Dirigenten auszutauschen.

«Musst du dorthin?», fragte er nun schmallippig.

«Ja sicher. Ich treff da ein paar Leut, die für mich wichtig sind.»

«Für dich und deine Inge ändert sich ja jetzt einiges», sagte Martin, ohne sein Klavierspiel zu unterbrechen.

«Ja, das könnt sein», gab der Sohn gleichgültig zurück.

«Nach einer gewissen Anstandsfrist natürlich ...»

«Also, Vater, jetzt hör mal zu ...»

149

«Aber ich versteh dich doch, Bub. Niemand versteht dich besser als ich. Ich hab doch immer gesagt, wenn man sich richtig verliebt, zählt auf einmal alles andere gar nichts mehr.»

«Vielleicht siehst du das auch ein bissel übertrieben», gab sein Junior zurück.

Martin Horrenried lächelte. «In der Liebe kann man gar nicht übertreiben!»

Winfried war diese Diskussion sichtlich unangenehm. Er strebte der Tür zu, wurde aber von seinem Vater nochmal aufgehalten.

«Ich geh übrigens morgen zum Notar», sagte Martin.

Sein Sohn antwortete betont beiläufig: «Ja, da hätt ich dich sowieso noch drauf angesprochen. Am besten verzichtest du bei der Gelegenheit gleich zu meinen Gunsten.»

Der Vater fiel aus allen Wolken. «Bitte? Wie meinst du das jetzt?»

«Dann sparen wir nämlich einmal die Erbschaftssteuer.»

«Erst wollen wir mal sehen, ob's überhaupt so kommt. Und dann schauen wir weiter.»

Plötzlich wurde Winfried hart: «Nein, du verzichtest gleich!»

Martin war vom Ton seines Sohnes irritiert. Er schaute ihn befremdet an. «Sag mal, was ist denn mit dir los?»

«Nichts, aber warum sollen wir dem Staat einen Haufen Erbschaftssteuer schenken? Erst zahlst du, und wenn ich dann mal von dir erbe, zahle ich ...»

«Natürlich zahlen wir deine Schulden sofort, und du sollst auch alles haben, was du für den Ausbau deiner Werkstatt brauchst. Du weißt ja, für dich war mir nie etwas zu viel. Aber auf das Erbe verzichten ... nein!»

«Du hast gar keine andere Wahl!» Winfried sprach eindringlich weiter: «Vater! Du bist ein Mann ohne Zukunft. Ich hab Pläne, verstehst du? Ich will raus aus dieser miesen kleinen Werkstatt, aus diesem miesen kleinen Haus, aus diesem miesen kleinen Dorf. Das Sägewerk verkaufe ich. M-und-B-Holzkontor übernimmt den Laden mit Kusshand, und das zu einem Preis, dass dir die Augen übergehen.»

«Jetzt mal langsam, hast du etwa mit denen ...?»

Winfried unterbrach ihn: «Meinert hätt mich sogar in die Geschäftsführung reingenommen, wenn ich nicht ganz andere Pläne hätte. Ich bau mir eine der modernsten Tuning-Werkstätten auf! International. Alles Hightech.»

Martin starrte seinen Sohn an, als ob er ihn zum ersten Mal sehen würde. «Du bist also allen Ernstes mit meinem Erbe hausieren gegangen?»

«Mit *deinem* Erbe? Wenn du Alberts Mörder bist, erbst du keinen Pfennig und alles geht an den Nächsten in der Rangfolge über – ich habe mich da erkundigt. Und der Nächste bin ich!»

«Aber ich habe ihn nicht ermordet.»

«Es wurde dir noch nicht nachgewiesen, das ist ein Unterschied.»

«Was redest du denn da?»

«Ich hab dem Bullen gesagt, du seist um halb zwölf zu Hause gewesen ...»

«Ja, stimmt ja auch. Und der Albert ist zwischen eins und halb zwei gestorben!»

«Aber dafür, dass du um diese Zeit hier warst, gibt's außer mir keinen Zeugen. Und wenn ich hingehe und sage, ich hab mich geirrt? Du seist dann nochmal weggegangen und erst kurz nach halb zwei heimgekommen, was ist dann?»

Martin schaute seinen Sohn sprachlos an.

«Aber das mache ich natürlich nicht», fuhr der fort, «wenn du morgen zu meinen Gunsten verzichtest.» Er warf noch rasch einen Blick in den Spiegel und ging dann, offensichtlich sehr mit seinem Anblick zufrieden, hinaus.

Erst als er die Tür hinter sich zugemacht hatte, fand Martin Horrenried die Sprache wieder. Es klang kläglich, als er nun hervorstieß: «Winfried ... Winni ...! Bub!»

39 Die Feierabendsirene ertönte. Die Männer im Sägewerk Horrenried machten sich auf den Weg nach Hause und ins Wochenende. Aus dem Wohnhaus am Hang trat Inge Kranzmeier. Sie hatte den großen Schlüsselbund in der Hand und schickte sich an, den Kontrollgang zu machen, der sonst Alberts Sache war. Kaum war sie in der Halle verschwunden, da trat Hajo Schmied aus dem Schatten eines Baumes, wo er auch seinen Jeep geparkt hatte.

Inge ging durch die Halle, deckte eine Maschine mit einer Plane ab, fegte Sägespäne zusammen, kontrollierte den Elektrokasten. Plötzlich hörte sie, dass das Rolltor bewegt wurde. Sie fuhr herum. Am Eingang stand Hajo Schmied.

«Er hat am Telefon zu mir gesagt, sie betrügt mich mit dem Winfried», sagte er ohne lange Vorrede.

Inge antwortete obenhin. «Ja, das war so eine fixe Idee von ihm.»

Hajo kam näher. «Ich hätt's dem Kommissar sagen können.»

«Und warum hast du's nicht gemacht?»

Hajo trat nun sehr dicht an Inge heran. Sie roch seinen Atem, als er sagte: «Ich hab gedacht, dass dir das was wert sein könnt.» Gleichzeitig fasste er um sie herum und wollte sie an sich ziehen.

Inge stemmte ihre Fäuste gegen seine Brust. «Sag mal, bist du wahnsinnig? Der Albert ist noch nicht einmal unter der Erde.»

Hajo ließ sie los und grinste. «Na gut, so lang kann ich noch warten.» Er ging ein paar Schritte von Inge weg und wendete sich ihr dann wieder zu. «Was ist mit dem Testament?»

«Was soll damit sein?»

«Wir bringen dich schon dazu, die Wahrheit zu sagen ...» Seine Stimme hatte nun einen drohenden Klang angenommen.

Inge verlor langsam die Nerven. «Menschenskind, ich erb doch auch nichts!»

«Aber dein Lover erbt oder dem sein Vater, ischt doch g'hopft wie g'sprunge. Und da gehst doch du auch nicht leer aus.»

«Was willst du eigentlich?»

«Meine Jagdkameraden und ich wollen nur, dass kein Unrecht geschieht, verstehst du? Also überleg's dir gut. Hier in Heimerbach legst du dich besser mit keinem von uns an. Grad, weil du nicht dazugehörst!»

Er drehte sich um und verließ die Halle.

Das Stiftungsfest des Gesangvereins Liederkranz fand im großen Saal des Gasthofs zum Weißen Ross statt. Die Reden waren bereits gehalten. Und die schwierigen Chorsätze, die die Zuhörer als Leistungsbeweis der Sänger vorneweg über sich ergehen lassen mussten, waren verklungen. Jetzt durfte gegessen, geredet und getanzt werden. Bedienungen schleppten die Platten mit Schwäbischem Sauerbraten, für den die Küche des Hauses berühmt war, herein. In ausladenden Schüsseln dampften Spätzle. Soße kam in Extragefäßen, ebenso der ge-

153

mischte Kartoffel-Gurken-Salat, der von den Schwaben genau so in die Bratensoße getunkt wurde wie die Spätzle.

Auf der Bühne baute eine Musikkapelle ihre Notenständer auf. Es waren sieben Mann, die sonst im örtlichen Blasorchester spielten, für solche Zwecke aber eine Extrakapelle gegründet hatten, die bei Festen zum Tanz aufspielte. Ein guter Schlagzeuger und ein herausragender Klarinettist waren die beiden wichtigsten Musiker in diesem Septett. Der Klarinettist leitete auch die Band, der er den Namen *Heimerbach Seven* gegeben hatte.

Traditionsgemäß spielten die sieben zuerst den Ferbelliner Marsch, warum, wusste niemand – vielleicht hätte es der Martin Horrenried gewusst, aber mit dem redete niemand und deshalb konnte ihn auch keiner fragen. Da war der Junge doch ein ganz anderer. Immer unter den Leuten und um keinen flotten Spruch verlegen. Er sah gut aus, und als Motorradmechaniker hatte er einen erstklassigen Ruf. Jetzt stand er mitten unter Gleichaltrigen und unterhielt sie mit Witzen, die er systematisch sammelte, um sie bei solchen Gelegenheiten jederzeit abrufen zu können. Nur die Älteren unter den Festbesuchern wunderten sich über sein Benehmen, wo er doch einen Todesfall in der Familie hatte. Zwar wusste man natürlich, wie zerstritten die Horrenrieds untereinander waren, aber es gehörte sich trotzdem nicht.

Winfried, den auch hier alle Winni nannten, forderte ein hübsches junges Mädchen zum Tanzen auf.

Schildknecht war im Weißen Ross abgestiegen und hatte auch Bienzle dazu überredet. Als sie am Abend dort ankamen, bereute Bienzle den Entschluss sofort. So ein Fest, das wusste er, konnte sich bis tief in die Nacht hinziehen, und garantiert gab es im ganzen Haus kein Zimmer, in dem man von dem Feierlärm nicht gestört wurde.

Er stand an der Rezeption und verlangte Aufklärung, welcher Raum am weitesten von dem tobenden Stiftungsfest entfernt sei. Da betrat Inge Kranzmeier die Eingangshalle. Sie kam dicht an ihm vorbei und blieb einen Augenblick unentschlossen stehen.

«Suchen Sie mich?», fragte Bienzle.

«Nein», antwortete sie schnippisch. «Woher hätt ich denn wissen sollen, dass Sie hier sind?»

Ohne länger auf ihn zu achten, ging sie weiter, aber nun war Bienzles Interesse schon geweckt, er gab Schildknecht ein Zeichen mitzukommen und folgte Inge Kranzmeier. Der Wirt sagte gerade: «Zimmer 411, das wäre für Sie dann wohl das geeignetste.» Aber Bienzle hörte das schon nicht mehr. Prompt beschloss der Mann hinter dem Tresen, Bienzle ein Zimmer im ersten Stock zu verpassen. Genau über dem Festsaal, noch genauer: exakt über dem Podium, auf dem die *Heimerbach Seven* spielten.

Auf dem Weg zum Saal berichtete Schildknecht eifrig, der Jagdverein sei 1924 gegründet worden. Hans Joachim Schmied sei seit sieben Jahren Vorsitzender. Albert Horrenried habe während dieser Zeit immer dessen Stellvertreter gemacht, sei aber der eigentliche Chef gewesen. «Im Grund ist der Verein mehr als eine ... sagen wir mal Jagdgemeinschaft, der ist fast wie eine Loge. Die Jäger beherrschen hier die ganze Gegend. Ich habe eine Liste aller Mitglieder.»

«Sehr gut», sagte Bienzle. «Scheints kann man Sie doch brauchen.»

Inge stand am Rand des Saals und hatte grade Winfried entdeckt, der sich intensiv mit seiner Tanzpartnerin unterhielt und Inge dabei den Rücken zukehrte. Ein paar der Festteilnehmer hatten die Lebensgefährtin des verstorbenen Sägewerksbesitzers entdeckt und tuschelten aufgeregt. Margret Schmied, Hajos Ehefrau, beugte sich zu ihrem Mann hinüber und flüsterte: «Das glaubst du doch nicht. Die ist doch eigentlich quasi Witwe! Da kann sie doch nicht hierher kommen.»

Bienzle kam bei Winfried vorbei und sagte beiläufig: «Mit der Pietät haben Sie's wohl nicht so, Herr Horrenried?»

«Hab ich Ihnen doch gesagt: Mein Onkel hat mir nichts bedeutet, absolut nichts.»

In der nächsten Sekunde verfinsterte sich Winfrieds Blick. Er hatte Inge entdeckt. Bienzle bemerkte die Veränderung in Winfrieds Gesicht und folgte mit den Augen dessen Blick.

Bechtle hatte inzwischen den Kommissar gesehen und war zu ihm getreten. «Sind Sie aus kriminalistischen Gründen da oder weil Sie sich amüsieren wollen?»

«Wer weiß, vielleicht beides», sagte Bienzle.

Er ließ Winfried Horrenried nicht aus den Augen. Der war zu Inge getreten, und die beiden redeten offenbar heftig aufeinander ein. Kurz entschlossen bat Bienzle die Frau, die ihm am nächsten war, um einen Tanz. Es war Margret Schmied. Sie war klein und drall und hatte einen scharfen Zug um die Mundwinkel.

Die Frau des Jägers willigte begeistert ein. «Wisset Se, onsere Männer sind ja so schrecklich tanzfaul», sagte sie.

«Ich tanz gern», gab Bienzle zurück.

Er tanzte einen Walzer mit ihr, auch links rum, wie die anwesenden Damen anerkennend konstatierten.

Dabei näherte er sich geschickt Inge und Winfried.

«Also, dass der da herkommt, ist ja scho schlimm g'nueg, aber dass die Frau Kranzmeier in dene Tage net daheim bleibe kann ...» Margret Schmied war richtig aufgebracht.

«Sehe jeder, wie er's treibe, und der steht, dass er nicht

falle», zitierte Bienzle und hielt kurz im Tanz inne. Sie waren jetzt nah an die beiden herangekommen. «Au», sagte er, «jetzt isch's mir grad a bissle schwindlig.» Er hielt sich kurz an einem Türbalken fest und konnte so ohne Mühe verstehen, wie Inge Kranzmeier sagte: «Winni, ich brauch dich jetzt», und wie Winfried Horrenried antwortete: «Also gut, in einer Stunde in unserer Hütte.»

Bienzle kehrte zu Frau Schmied zurück.

«Geht's wieder?», fragte sie.

Statt ihr zu antworten, fasste Bienzle sie um die Hüften und absolvierte die letzten Takte des Walzers mit feurigem Schwung. Als er Frau Schmied an ihren Platz zurückbrachte, stand deren Mann grade mit glasigen Augen auf. Bienzle folgte Hajo Schmieds Blick und sah, wie Inge den Saal verließ. Hajo ging ihr nach. Formvollendet verabschiedete sich Bienzle von Frau Schmied und folgte ihrem Mann. Aber auch Margret Schmied hielt es nicht an ihrem Platz.

Inge Kranzmeier hatte schon fast den Ausgang erreicht, als Hajo zu ihr aufschloss. «Wart einen Moment.»

Sie blieb stehen. Bienzle erschien in der Tür zum Saal und näherte sich den beiden.

«Wenn du weißt, wo das Testament ist, sag's. Und wenn du's vernichtet hast, gib's zu. Sonst hast du keine frohe Minute mehr in deinem Leben!», zischte Hajo Schmied.

«Die Polizei ermittelt wegen dem Testament. Die werden schon rausfinden, wie's gewesen ist», sagte sie und wandte sich wieder der Ausgangstür zu.

«Inge, pass auf. Ich will ja nicht, dass du leer ausgehst. Wir däten dir schon was abgeben. In irgendeiner Form ... Ich würd das übernehmen. Du bist ja jetzt allein und wir zwei ... also, mir g'fällst du ja scho lang ... Ich denk, wenn man da ein Arrangement treffen könnt ... Eine kleine Wohnung in der

Stadt drin ... Ich mein, du und ich ... Man hat ja alles Mögliche gehört ... ich mein, dass es der Albert nimmer so gebracht hätt ...»

«Du meinst, ich könnte deine Geliebte werden ...?»

«Wenn du's so ausdrücken willst ...»

Ansatzlos schlug Inge Hajo ins Gesicht. Margret Schmied beobachtete den Vorgang genauso wie Bienzle und war zunächst wie versteinert.

Bienzle ging zu Inge. «Müssten Sie mir vielleicht noch irgendetwas sagen?»

«Nein, warum?» Sie machte auf dem Absatz kehrt und verließ den Gasthof.

Frau Schmied vertrat ihrem Mann den Weg. «Was war jetzt des?», wollte sie wissen.

Hajo ballte die Faust. «Das Luder will uns um unser rechtmäßiges Erbe bringen. Aber die soll sich vorsehen!»

«Und das war alles?», fragte seine Frau spitz.

«Was soll denn sonst noch g'wesen sein?»

Margret funkelte Hajo an. «Ja, das frag ich dich ja grad!»

Aber ihr Mann ging in den Saal zurück und verwickelte sofort einen Jagdkameraden in ein Gespräch.

«Komm du mir bloß hoim», zischte Margret leise.

Schildknecht stand am Buffet und bediente sich. Um ihn herum trieb das Fest seinem Höhepunkt zu. Der junge Kriminalassistent hatte grade zufrieden festgestellt, dass die jungen Frauen hier zum großen Teil eigentlich seine Aufmerksamkeit verdient hätten.

Da trat Bienzle zu ihm. «Der Winfried Horrenried muss observiert werden. Er trifft sich etwa in einer Stunde mit der Frau, die mit dem Ermordeten zusammengelebt hat. Irgendwo in einer Hütte.»

«Und das wollen Sie nicht selber machen?»

Bienzle überhörte die Frechheit. «Und ich will noch heut Abend Ihren Bericht.»

Schildknecht stellte den Teller, den er grade mit allen ländlichen Köstlichkeiten gefüllt hatte, wieder hin und machte sich auf den Weg. Kaum hatte er den Saal verlassen, nahm sich Bienzle den Teller. Geschmack hatte er, der junge Jurist mit dem Drang zur großen Polizeikarriere, das musste man ihm lassen. Er hatte genau das Richtige ausgesucht.

Winfried Horrenried trat zehn Minuten später aus dem Gasthof zum Weißen Ross. Schildknecht saß bereits wartend in seinem Dienstwagen und beobachtete den Eingang. Als Winfried mit seinem Motorrad startete, hängte sich Schildknecht dran.

Der junge Horrenried schien es eilig zu haben. Nicht weit vom Sägewerk bog er in ein kleines Bergsträßchen ein und stoppte dann bei einem schmalen Waldweg, der nach links abzweigte. Schildknechts Wagen glitt vorbei und rollte hinter der nächsten Kurve aus. Hier bot eine kleine Ausbuchtung einen behelfsmäßigen Parkplatz. Schildknecht sprang aus dem Wagen, schloss ihn ab und spurtete zurück. Das Motorrad stand unter einem dichten Gebüsch. Schildknecht folgte dem schmalen Waldweg bergauf. Nach etwa vierhundert Metern trat er auf eine Lichtung hinaus. Am gegenüberliegenden Waldrand stand zwischen zwei mächtigen Eichen, deren Silhouetten sich deutlich gegen den Nachthimmel abzeichneten, eine Hütte. Das einzige Fenster wurde durch warmes Kerzenlicht erhellt.

40 Inge ging ruhelos in dem engen Raum auf und ab. Immer wieder trat sie vor den fleckigen Spiegel, der neben dem Bett an der Wand hing, und prüfte ihr Aussehen. Endlich hörte sie draußen Schritte. Sie ging zum Fenster, warf einen Blick hinaus. Winfried war gekommen. Inge riss die Tür auf und fiel ihrem Liebhaber um den Hals. Sie küsste ihn leidenschaftlich, drängte sich gegen ihn. «Endlich, endlich, endlich – du hast mir so gefehlt!»

Winfried stand steif da, schob Inge sanft von sich, ging dann zum Bett und setzte sich, während sie die Tür schloss.

Inge lehnte sich mit dem Rücken gegen die Türfüllung. «Wie geht's denn jetzt mit uns weiter? Das stürmt alles so auf mich ein. Ich blick überhaupt nicht mehr durch.»

«Wieso, läuft doch alles prima. Morgen ist mein Vater wegen des Testaments beim Notar.»

«Aber es gibt doch gar keins.»

«Auch das muss vor dem Notar geklärt werden. Das ist alles bloß eine Formalität. Mein Vater erbt – kein Thema!»

Das war der erste Satz, den Schildknecht hörte, der sich draußen bis an das Fenster der Hütte herangepirscht hatte.

Inges Stimme war noch besser zu verstehen als die des jungen Mannes. «Da kann er ja bei Gelegenheit ruhig mal danke zu mir sagen.»

«Wieso?» Winfrieds Stimme bekam nun einen harten Klang. «Du kriegst deinen Scheck – ich hab so an fünfzig Mille gedacht – und der Fisch ist geputzt!»

«Einen Scheck, aber du hast doch gesagt, später gehört uns sowieso alles.»

«Uns?»

«Ja, dir und dann auch mir.» Aber diese Worte sprach sie mit immer weniger Kraft. Sie ahnte, was hinter Winfrieds plötzlicher Kälte steckte, nur glauben konnte sie's noch nicht.

Winfried antwortete sichtlich gelangweilt: «Ja, ja, das hab ich vielleicht mal gesagt.»

«Was heißt das? Heißt das, jetzt gilt mit einem Mal alles nicht mehr?»

«Jetzt pass mal auf. Du bist wirklich große Klasse im Bett, aber ...»

Inge schrie plötzlich unkontrolliert: «Du willst nichts mehr von mir wissen? Ja oder nein! Antwort!»

Winfried stand vom Bett auf, aber als Inge einen Schritt auf ihn zu machte, wich er aus. «*Ja*, ich will nichts mehr von dir wissen. *Nein*, ich will nicht weiter mit dir zusammen sein. Ist das klar genug? Du weißt doch am besten, wie das ist: Die Liebe kommt, die Liebe geht. Die Gefühle ändern sich.»

Inge starrte ihn aus weit aufgerissenen Augen an. «Das ist nicht wahr. Das bist nicht du. Das ist ein anderer. Mein Winni würde so etwas Gemeines nie sagen.»

«Nimm's, wie es ist, es war ja auch für mich eine ganz schöne Zeit.»

«Und wenn ich jetzt zur Polizei gehe?»

Schildknechts Körper spannte sich und er rückte noch näher an die Wand der Hütte heran.

«Hab ich das Testament verbrannt oder du?», fragte Winfried Horrenried und ging langsam zur Tür.

«Aber du hast mir doch gesagt, ich soll's verbrennen!», schrie Inge Kranzmeier.

«Das leugne ich ab.» Er lachte. «Du, da schwör ich jeden Meineid.»

Inge ging ihm nach, fasste nach seiner Hand. «Winni, bitte, sag, dass das nicht wahr ist, sag, dass es ein blöder Scherz ist und weiter nichts. Das kann doch gar nicht sein. Ich kann mich doch nicht so in dir getäuscht haben!»

«Mach's gut, Inge!»

Damit war er schon an der Tür. Als er sie öffnete, sprang Schildknecht mit ein paar schnellen Sätzen in ein nahes Gebüsch hinter einer der Eichen, wobei er sich eine Triangel in seine Edeljeans riss.

Winfried Horrenried kam heraus. Und schlug sofort die Tür hinter sich zu.

Aber kaum war er ein paar Schritte gegangen, da wurde sie wieder aufgerissen. Inge kam heraus wie eine Furie. Sie schrie: «Du bist ja kein Haar anders als der Albert! Du bist genauso hinterhältig und gemein! Und dir wird's mal genauso gehen wie ihm. Verrecken sollst du, ja, verrecken – genau wie er! Und das versprech ich dir: Genauso wird es kommen. Genauso!» Dabei krümmte sie sich vor Wut und Schmerz. Sie ließ sich auf die Stufe vor der Tür fallen und begann hemmungslos zu schluchzen.

Schildknecht war ratlos. Sollte er hingehen und sie trösten? Oder musste man sie nun verhören? Vielleicht wäre es besser, Winfried Horrenried zu folgen und ihn durch die Mangel zu drehen. Was hätte Bienzle jetzt getan? Wahrscheinlich war es ohnehin besser, ihm erst einmal alles zu erzählen.

41 In dem großen Konferenzraum des Polizeipräsidiums, der als Lagezentrum der Sonderkommission diente, waren nur noch Gollhofer, der Präsident, Staatsanwalt Roller und Günter Gächter. Patrick war inzwischen in die Obhut einer Kinderpsychologin im Olga-Hospital gegeben worden.

Roller durchmaß mit wippenden Schritten, die Hände auf dem Rücken verschränkt, den länglichen Raum von der Rückseite bis zur Front und wieder zurück, erneut nach vorne und wieder nach hinten. Er hatte den schmalen Kopf eines Windhundes. Die blonden Haare waren straff nach hinten gekämmt und lagen dicht an seinem länglichen Schädel an. Die Nase war spitz. Eine randlose Brille ließ die wassergrauen Augen größer erscheinen, als sie waren. Zwei steile Falten zogen sich fast von den Augenwinkeln bis zum Kinn hinunter. Gächter schätzte ihn auf Anfang dreißig. Er konnte aber auch noch jünger sein.

«Wir haben es hier mit einer Amtsanmaßung ohne Beispiel zu tun», sagte er mit schneidender Stimme und ging dann Gächter direkt an: «Sie haben Richter Dr. Hasenblatt und mich ganz bewusst in die Irre geführt.»

Gächter sagte nichts, er schaute Roller nur an und seine Gedanken kreisten darum, was er wohl tun würde, wenn sie ihn jetzt suspendierten. Er war nicht zum ersten Mal in so einer Situation. Als er damals in einer Überreaktion an der Grenze bei Konstanz den Fahrer eines illegalen Fleischtransportes erschossen hatte, stand er vor einem ganz ähnlichen Problem. Aber da hatte er Bienzle an seiner Seite gehabt. Der war zwar auch stinksauer auf ihn gewesen, hatte ihm aber am Ende doch beigestanden, als es um seinen Job ging. Trotzdem war Gächter jetzt ruhiger als damals. Die Tatsache, dass der kleine Patrick gerettet war, hatte Vorrang vor allem. Und wenn sie ihn tatsächlich rausschmissen, dann würde er es als Herausforderung betrachten, sein Leben auch ohne den Polizeidienst zu meistern.

«Hören Sie mir überhaupt zu?», herrschte ihn der Staatsanwalt an.

«Ich versuch's», sagte Gächter und ein leises Lächeln huschte über sein Gesicht.

«Und? Was haben Sie zu Ihrer Verteidigung zu sagen?»

«Ich höre mir vielleicht zuerst Ihre Anklagerede zu Ende

163

an», gab Gächter zurück. Er stand, wie es auch sonst oft seine Art war, an ein Fensterbrett gelehnt und schaute Roller an, als ob er sagen wollte: Nur weiter, Sie sind so schön in Fahrt!

Roller wendete sich an den Präsidenten. «Ich kann doch wohl davon ausgehen, dass der Mann sofort beurlaubt wird und dass ein Dienststrafverfahren gegen ihn eingeleitet wird.»

«Sie können davon ausgehen, dass ich meine Dienstaufsicht ernst nehme», sagte der Präsident vorsichtig, «meine Dienstaufsicht und meine Fürsorgepflicht gegenüber meinen Beamten.»

«Das klingt verdächtig, so, als hielten Sie schon nach einem Schlupfloch Ausschau.»

Gollhofer war das alles peinlich. Er versuchte sich zu beschäftigen, trug herumliegende Papiere zusammen, ordnete sie, stieß sie an den Rändern zu handlichen Päckchen auf und sortierte sie in akkuraten kleinen Stapeln, die sich auf den Millimeter genau nebeneinander reihten.

«Lassen Sie das doch, Sie machen einen ja nervös», fuhr ihn Roller an.

Und nun sagte der Kommissar Gollhofer, der nie den Mund aufmachte, wenn er sich nichts davon versprach: «Ich finde, wir sollten froh sein, dass es so ausgegangen ist.»

«Was ist los?» Roller, der sich schon abgewandt und seine Wanderung wieder aufgenommen hatte, fuhr herum und starrte den Polizeibeamten perplex an.

«Ich hab mir grade überlegt», sagte Gollhofer, «ob Sie auch bereit gewesen wären, die Geldübergabe zu übernehmen.»

«Ich verstehe nicht, was Sie damit sagen wollen.»

«Ich will damit sagen, dass hier ein Polizeibeamter für den anderen ein Risiko eingegangen ist. Das ist nicht selbstverständlich. So etwas geschieht meiner Meinung nach nur, wenn eine Truppe funktioniert, ich meine, wenn ein gewisser

Kameradschaftsgeist herrscht und einer für den anderen einsteht. Das ist bei uns so. Gott sei Dank.» Und dann fügte er noch ein wenig verlegen in Richtung Präsident hinzu: «Entschuldigung.»

«Aber ich bitte Sie», tönte der Chef mit seiner sonoren Stimme. «Da hätte jedes Wort auch von mir sein können, bester Gollhofer.»

«Das heißt aber dann nichts anderes, als dass die ganze … wie sagten Sie? … die ganze Truppe einer Prüfung unterzogen werden muss. Offenbar halten Sie ja unisono für unbedenklich, was sich der Kommissar Gächter geleistet hat.»

Der Präsident zündete sich eine seiner teuren Zigarren an. Bedächtig sagte er: «Auch das Verhältnis zwischen Staatsanwaltschaft und unserer Behörde ist bisher immer sehr gut, ja, fast könnte man sagen: im Zweifelsfalle solidarisch gewesen. Das hatte damit zu tun, dass wir immer großes Verständnis für die Probleme der jeweils anderen Seite aufgebracht haben.»

«Erteilen Sie mir jetzt Noten?», schnappte der Staatsanwalt.

«Nein, aber ich stelle in Rechnung, dass Sie erst seit einem halben Jahr mit von der Partie sind. Ich bin ein alter Fuhrmann, das können Sie mir glauben. Und ich habe viel erlebt. Trotzdem: Wenn Gerry Adler nicht hinreichend verdächtig gewesen wäre, hätte Kommissar Gächter ihn nicht festnehmen dürfen.»

«Jetzt kommt's», dachte Günter Gächter.

«Aber nach Prüfung aller Unterlagen *war* dieser Adler hinreichend verdächtig. Herr Gächter hat keine falschen Indizien oder Beweismittel herangezogen …»

«Er hat verschwiegen, dass alles darauf hindeutete, dass diese Mascha Niebur die Täterin war», fuhr Roller dazwischen.

«Stimmt, aber auch das sprach nicht für eine Fortdauer der

165

Haft von Johannes Keller, es sei denn, man wollte ihn in eine Art Sippenhaft nehmen.»

Roller ließ nicht locker. «Das Paar hat gemeinsam gehandelt. Man hätte Keller niemals freilassen sollen, dann hätte man Frau Niebur fassen und beide hinter Schloss und Riegel bringen können.»

Der Präsident stieß eine Rauchwolke aus. «Hätte, wäre, wenn ... Wissen Sie, was der Bienzle jetzt sagen würde, wenn er da wäre?»

«Ach, lassen Sie mich doch mit Ihrem Bienzle in Ruhe ...»

Unbeirrt fuhr der Präsident fort und fiel sogar ein wenig ins Schwäbische: «Wenn der Hund net g'schissa hätt, hätt er den Hasen gefangen.»

Gollhofer hatte Mühe, ernst zu bleiben. Gächter grinste in sich hinein. Diese Stunde würde er dem Präsidenten nie vergessen.

Roller straffte die Schultern, drückte das Kreuz durch und ging zur Tür. «Jedenfalls lasse ich die Sache nicht auf sich beruhen.» Grußlos ging er hinaus. Die Tür fiel laut hinter ihm ins Schloss.

«So», sage der Präsident, «und glaubt ja nicht, dass sich die Sache nun erledigt hat. Immerhin ist einer unserer Kollegen angeschossen worden und Bienzle war in richtiger Lebensgefahr. Wir werden das alles genau untersuchen, aber das machen wir so, wie's im Dienstrecht steht, und nicht, wie's ein karrieregeiler Staatsanwalt gerne haben möchte. Herr Gächter, Sie halten sich in den nächsten Tagen zur Verfügung.»

Gächter nickte. Er war nun doch wieder sehr ernst geworden. Der Präsident erhob sich, tätschelte seine Schulter und sagte: «So schlimm wird's nicht werden. Und jetzt besuchen Sie Ihren Neffen. Vielleicht dürfen Sie ihn ja auch schon mit nach Hause nehmen.»

Das durfte Gächter allerdings nicht. Die Kinderpsychologin hielt es für besser, den Jungen noch ein paar Tage zu betreuen. Natürlich sei er stark traumatisiert, sagte sie. Aber er sei auch stabil und vital und werde damit fertig werden.

Der Kommissar schaute in das Zimmer hinein. Patrick schlief tief und fest. «Kein Wunder nach all den Strapazen», sagte die Psychologin.

Als Gächter nach Hause kam, war er froh, dass Kerstin auf ihn gewartet hatte. Sie versprach, über Nacht und auch noch ein paar Tage länger zu bleiben, wenn er es wünschte.

42 Bienzle hatte die Speisen, die sich Schildknecht zusammengestellt hatte, mit großem Genuss verdrückt. Jetzt trank er zur besseren Verdauung einen Quittenschnaps an der Bar, die sich im Untergeschoss des Gasthofs befand.

Dort fand ihn Schildknecht, der vor lauter Aufregung kaum sprechen konnte. «Das ist sensationell, sag ich Ihnen. Der junge Horrenried und die Inge Kranzmeier haben das Ding gemeinsam gedeichselt.»

Schildknecht konnte das Gespräch zwischen Inge und Winfried nahezu wortgetreu wiedergeben. Bienzle imponierte das. So etwas lernte man wohl, wenn man für sein Juraexamen all die Paragraphen und Entscheidungen paukte, um am Ende erfolgreich zu sein. Und erfolgreich war man ja nur, wenn man eine Note zwischen 1 und 2 erreichte. Vor Gericht jedenfalls würde Schildknecht einen guten Zeugen abgeben.

Als Inge Kranzmeier zum Sägewerk zurückkehrte, hatte ihr Gesicht einen entschlossenen Ausdruck angenommen. Sie ging schnurstracks ins Schlafzimmer, zog die Koffer vom Kleiderschrank herunter und begann, ihre Sachen zu packen. Sie würde keine Stunde länger als nötig in diesem Haus, in diesem Dorf, in dieser Gegend verbringen.

Um die gleiche Zeit verließen Bienzle und Schildknecht den Gasthof. Bienzle hatte nicht einmal Gelegenheit gehabt, sich über sein Zimmer zu ärgern, und er war sich jetzt schon sicher, dass er es in dieser Nacht wohl kaum brauchen würde.

Schildknecht wiederholte gerade: «Und dann hat er doch tatsächlich gesagt: ‹Das leugne ich, da schwör ich jeden Meineid.›»

«Ja, ja», sagte Bienzle, «so debil bin ich noch nicht, dass Sie mir alles zweimal sagen müssen, auch wenn ich Sie grade g'lobt hab für Ihre Merkfähigkeit!»

Damit stiegen sie in Schildknechts Dienstwagen. Bienzle war bekannt dafür, dass er nur selber fuhr, wenn es gar nicht anders ging.

Inge Kranzmeier hatte zwei ihrer Koffer schon in die Garage geschleppt. Sie stellte die Gepäckstücke neben ihrem Auto ab und wuchtete einen Zehnliter-Benzinkanister vom Regal an der Garagenwand. Sie trug ihn zur Tür und stellte ihn draußen ab. Danach fuhr sie ihr Auto heraus und stellte es abfahrbereit vor die Haustür. Die Gepäckstücke hob sie in den Kofferraum und schlug den Deckel zu.

Ihr nächster Weg führte sie zur Werkhalle des Sägewerks. Sie schloss auf und schob das Rolltor zur Seite. Das Licht machte sie nicht an. Sie holte den Benzinkanister, schraubte ihn auf und begann ihn auszugießen, aber schon nach kurzer Zeit rutschte er ihr aus der Hand und kullerte über den Boden. Das Benzin verbreitete sich in einer Lache, die sich bis zu einem Haufen Sägespäne hinzog, der am anderen Morgen abgesaugt werden sollte. Langsam kehrte sie zu dem Punkt zurück, wo die Benzinspur begann. Sie richtete sich nochmal auf, drückte ihre flachen Hände ins Kreuz und versuchte ein letztes Mal, alles in sich aufzunehmen: die Halle, die Nebengebäude, die Holzstapel, den Laufkran, das Mühlrad, das schöne Haus am Hang.

Es war eine sternenklare Nacht. Der Mond hielt sich noch hinter den Tannen am gegenüberliegenden Hang versteckt. Aber es war auch ohne ihn hell genug für das, was sie vorhatte. Irgendwo im Dorf heulte ein Hund. Und im Wald schrien zwei Käuzchen um die Wette.

Inge nahm aus der kleinen Außentasche ihrer Lederjacke eine Streichholzschachtel. Das erste Streichholz zerbrach, als sie es anreißen wollte, das zweite erlosch auf dem Weg zum Boden. Inge ging in die Hocke und nahm ein drittes Hölzchen aus der Schachtel.

Das Streichholz flammte auf. Inge Kranzmeier brachte es ganz nahe an den Beginn der Benzinspur.

Ein Auto kam das Talsträßchen herabgefahren. Einen Herzschlag lang dachte sie, es könnte Winni sein. Wenn er jetzt käme und sagen würde, dass alles nur ein schlechter Scherz gewesen sei. Oder, noch besser, dass er eingesehen habe, was er verlöre, wenn er sich von ihre trennte. Inge lachte auf: Da kam ein Auto und Winfried kam immer mit dem Motorrad.

Der Wagen bog auf die Brücke über den Mühlbach ein und fuhr auf den Holzplatz des Sägewerks.

Das Flämmchen erreichte ihre Finger und verbrannte die Haut. Inge ließ das brennende Streichholz in die schimmernde Flüssigkeit fallen. Eine Feuerzunge zischte hoch und versengte ihre Hände und Haare.

«Haben Sie das gesehen?», schrie Bienzle und sprang aus dem Auto. Er rannte los. Schildknecht überholte Bienzle schon nach wenigen Schritten.

Das Feuer lief auf die Halle zu. Inge stand da und konnte sich nicht bewegen. Doch dann stieß sie plötzlich einen gellenden Schrei aus. Ihr Kleid hatte Feuer gefangen.

Bienzle erreichte in diesem Moment den Eingang. Er erinnerte sich, dass gleich neben dem Tor ein Feuerlöscher hängen musste, entdeckte ihn und riss ihn aus der Halterung.

Schildknecht rannte auf Inge zu. Er riss noch im Laufen seine Jacke herunter, warf sie auf die Frau, stürzte zusammen mit ihr hin und erstickte die Flammen.

Bienzle richtete den Schaumstrahl des Feuerlöschers auf die schmale Flammenbahn, die rasch auf den Haufen mit den Sägespänen zulief. Er schaffte es gerade noch, das Feuer zu löschen, ehe es die große Lache erreichte, die sich rund um den offenen Benzinkanister gebildet hatte.

Derselbe Arzt, der Albert Horrenrieds Leiche kurz nach dessen Tod im Sägemehl untersucht hatte, versorgte Inge Kranzmeiers Brandwunden. Bienzle saß auf einem Stuhl. Schildknecht lehnte am Fenster. Am Boden standen noch zwei halb gefüllte Koffer.

«Wahrscheinlich kriegen Sie jetzt irgendeinen Feuerwehrorden», knurrte der Doktor.

«Ich lege keinen Wert auf Orden und Ehrenzeichen», gab Bienzle zurück.

Der Arzt packte seine Tasche zusammen. «Ja, das war's dann erst mal ... Wenigstens muss ich dieses Mal keinen Totenschein ausstellen.» Er ging zur Tür. Dort drehte er sich nochmal um. «Haben Sie denn jetzt den Täter?»

«Bald», sagte Bienzle.

«Na dann – viel Glück. Die Brandwunden sind nicht so schlimm. Zum Glück ist ja rechtzeitig Hilfe gekommen», sagte er zu Inge Kranzmeier und ging hinaus.

«Das ist vielleicht ein Gemütsathlet», sagte Bienzle. «Haben Sie einen Schnaps im Haus?»

«Im Kühlschrank.» Inge sprach mit unsicherer Stimme.

Während sich Bienzle bediente und auch für die beiden anderen einen Schnaps einschenkte, fragte Schildknecht Inge Kranzmeier: «Warum wollten Sie eigentlich so schnell weg?»

«Ich hab kein Glück», sagte sie dumpf.

Bienzle reichte ihr den Schnaps. «Die Asche, die man bei Ihnen gefunden hat, das war normales Briefpapier.»

Inge sah ihm in die Augen. «Und was ist draufgestanden?»

Das gefiel Bienzle, dass sie selbst in dieser Situation noch eine so kesse Antwort gab. Er lächelte ihr zu und sagte: «Vielleicht ‹Testament› oder ‹Mein letzter Wille›.»

Inge gab die Antwort, die sie sich schon zurechtgelegt hatte: «Nein, es war so eine Art Abschiedsbrief. Ich hab den Albert verlassen wollen. Heut wollt ich weg. So wie er mich in letzter Zeit behandelt hat, war das nicht mehr auszuhalten.»

Bienzle nickte. «Und weil Sie sich mit dem Brief belastet hätten, haben Sie ihn verbrannt?»

«Ja, genau.»

«Klingt plausibel, auch wenn's nicht wahr ist», sagte Bienzle noch immer lächelnd.

Schildknecht wollte nicht so schnell aufgeben. «Hat Winfried Horrenried Ihnen gesagt, Sie sollen das Testament verbrennen?»

«Was geht mich der Winfried Horrenried an?»

«Immerhin war er eine ganze Zeit lang Ihr heimlicher Liebhaber.»

Inge versuchte es mit Ironie: «Was Sie alles wissen …»

«Leider wissen wir eben nicht alles», sagte Bienzle. «Zum Beispiel würde ich gern erfahren, warum Sie das Sägewerk anzünden wollten.»

Inge schwieg.

Bienzle fuhr unbeirrt fort: «Nachdem Sie alles für den jungen Horrenried getan hatten, hat er Sie fallen lassen. Und so was tut verdammt weh.»

«Sie reimen sich da weiß Gott was zusammen.»

«Sie haben gedacht, wenn er mich schon abschießt, dann zünde ich ihm wenigstens sein Erbe an», sagte Schildknecht.

Inge verschränkte die Arme vor der Brust. «Ich sag dazu nichts mehr!»

Bienzle wandte sich an Schildknecht: «Vielleicht kochen Sie uns mal einen Kaffee ...?»

«Ich?»

«Darf er?», fragte Bienzle die Hausherrin.

Inge machte eine Geste, die besagte: Von mir aus.

«Ja, dann.» Bienzle sah den Kriminalassistenten auffordernd an. «Sie werden sich schon zurechtfinden.»

Schildknecht ging wütend in die Küche.

Bienzle zog einen Stuhl heran und setzte sich dicht vor Inge Kranzmeier. Er redete jetzt eindringlich mit ihr: «Ich versteh Sie nicht. Der Winfried behandelt Sie wie den letzten Dreck und Sie schützen ihn noch immer.»

«Wenn ich ihn jetzt verrate, dann würd ich unsere Liebe doch genauso wegschmeißen wie er», sagte sie kaum hörbar.

«Ja, das kann ich verstehen. Aber Sie haben gar keine andere Wahl, Inge! Mein Kollege hat alles gehört, was Sie in der Waldhütte mit Winfried gesprochen haben. Er hat Ihnen gesagt, Sie sollen das Testament verbrennen. Wann war das?»

Inge schwieg verstockt. Bienzle stieß, jedes Wort betonend, nochmal nach. «Wann war das?»

«Am nächsten Morgen.»

«Und vorher haben Sie nicht telefoniert?»

«Doch. Nach dem Streit mit dem Albert. Da hab ich zu Winni gesagt: ‹Hol mich hier raus, ich halt's nicht mehr aus … so wie der mit mir umgeht …› Der Albert ist in die Halle runter und nicht mehr zurückgekommen. Da hab ich mich eben gefürchtet.»

«Und wann war das?»

«Das war lange nach elf.»

«Ist Ihnen Albert Horrenried auf das Verhältnis mit Winni gekommen?»

Inge schniefte nur und nickte.

«Womöglich genau an dem Abend?»

Wieder nickte und schniefte Inge.

«Und daraufhin hat er sein Testament geschrieben?»

«Ja.»

«Und das haben Sie dem Winni am Telefon auch gesagt?»

«Ja.»

«Und weiter?» Er dachte nicht daran lockerzulassen.

«Am andern Morgen, wie der Albert tot war, hab ich wieder den Winni angerufen.»

«Und da hat er Ihnen dann gesagt, Sie sollen das Testament vernichten?»

«Ja!» Inges Widerstand war nun völlig zusammengebrochen.

«Der Mann, der die Maschinen kaputtgemacht und den Albert niedergeschlagen hat, war sein Bruder Martin, Winnis Vater. Zwei Stunden später hat jemand den Bewusstlosen gefunden und im Sägemehl erstickt. Das könnten Sie gewesen sein!»

Inge starrte ihn ungläubig an. «Ich? Das glauben Sie doch nicht im Ernst?!»

Bienzle fuhr unbeirrt fort: «Es könnte auch Winfried gewesen sein. Erst hat er seinen Onkel umgebracht und dann hat er Sie angestiftet, das Testament verschwinden zu lassen.»

«Das glaube ich nicht», erwiderte Inge.

Schildknecht kam mit einem Tablett herein, auf dem er drei Kaffeetassen platziert hatte.

«Wir können uns Klarheit verschaffen», sagte Bienzle. «Sie müssten allerdings mitspielen. Und ich halte Sie dafür aus allem raus.»

«Das geht nicht!», sagte Schildknecht.

«Wenn ich sag, dass es geht, dann geht das auch», gab Bienzle unwirsch zurück. Er wandte sich wieder Inge zu. «Und jetzt erkläre ich Ihnen genau, wie wir das machen ...»

43 Winni schlief fest. Als das Telefon klingelte, kam er nur mühsam zu sich. Er sah auf seinen Wecker. Fünf Uhr. Er war erst gegen zwei Uhr in der Nacht nach Hause gekommen. Nach seiner Begegnung mit Inge in der Waldhütte war er nochmal ins Weiße Ross zurückgegangen. Meinert hatte auf ihn gewartet. Der Mann vom Holzkontor. Sie hatten dann noch lange in der Bar gesessen und alles besprochen. Später waren zwei Mädchen dazugekommen. Meinert hatte sich für die Blonde entschieden. Er selbst war mit der Schwarzen abgezogen. Ein Quickie im Auto. Nichts Besonderes, aber ganz lustig. Für den Abend waren sie wieder verabredet. Irgendwo musste er ihre Telefonnummer haben.

Als er nach Hause gekommen war, hatte sein Vater im Wohnzimmer auf ihn gewartet. Nachts um zwei! «Warum bist du denn noch auf?», hatte er ihn gefragt.

174

«Ich muss mit dir reden.»

Winni war in sein Zimmer gegangen. Auf dem Weg sagte er: «Das beruht nicht auf Gegenseitigkeit. Es ist alles g'schwätzt.»

Dieses Scheißtelefon hörte nicht auf zu klingeln. Er nahm ab und meldete sich mit müder, verschlafener Stimme.

«Ich bin's.» Das war unverkennbar Inges Stimme.

Winfried schlug die Hand vor die Augen. «Ich hab dir doch klar und deutlich gesagt ...»

Inge unterbrach ihn kühl: «Ich habe dich in der Mordnacht gesehen.»

«Was? Was heißt das, du hast mich gesehen? Und warum sagst du das erst jetzt?»

«Wenn du mir nicht den Laufpass gegeben hättest ... Aber so ... Ich geh zur Polizei und sage alles, mir ist ganz egal, was dann mit mir passiert!»

Bienzle, der eine Mithörmuschel am Ohr hatte, nickte Inge anerkennend zu.

Winfried Horrenried war plötzlich hellwach. «Was heißt denn da den Laufpass gegeben ...?» Seine Gedanken rotierten. Jetzt bloß keinen Fehler machen. «So war das doch gar nicht gemeint! Ich bin halt auch nervös und durcheinander gewesen ... Aber du würdest doch nie zur Polizei gehen ... Pass auf, ich komm zu dir, wir reden nochmal über alles.»

Inge deckte die Sprechmuschel ab und flüsterte Bienzle panisch zu: «Er will hierher kommen!»

Bienzle, der das ja genauso gut gehört hatte wie sie, flüsterte zurück: «Ist doch gut!»

Aber das hatte Inge gar nicht richtig aufgenommen. Sie redete schon wieder aufgeregt ins Telefon: «Nein, nicht hier ... du kannst nicht hierher kommen ... Der Albert ist noch nicht

175

mal unter der Erde ... Lass uns woanders ... Wir können uns doch in der Hütte treffen wie immer.» Dabei sah sie Bienzle fragend an.

Der Kommissar nickte und machte mit seiner freien Hand eine zustimmende Geste. Dabei fegte er aus Versehen einen Aschenbecher vom Tisch, der polternd zu Boden fiel.

Winni hatte das Geräusch offenbar gehört. Er fragte misstrauisch: «Ist jemand bei dir?»

«Nein, nein, mir ist nur was runtergefallen ...»

«Was denn?», wollte Winfried wissen.

«Ist doch jetzt egal ... Der Aschenbecher.»

Winfried Horrenried schien sich zu beruhigen. «Also gut. Jetzt pass auf ... hör mir zu ... Wir treffen uns in einer Stunde in unserer Hütte und da schauen wir uns in die Augen und reden miteinander ... Ich hab vielleicht ... ich hab sogar ganz bestimmt einen Fehler gemacht, aber das kriegen wir wieder hin, wir zwei beide ... Ich mach das alles wieder gut, ganz bestimmt. Ich hab dich doch lieb, Inge, aber ich bin halt auch ein bisschen überfordert gewesen ...»

«Wenn du meinst ...», sagte Inge und schaltete das Gerät ab. Sie hielt das Gespräch nicht länger aus. Jetzt sah sie die beiden Beamten an. «Er sagt, er macht alles wieder gut!» Ein klein wenig Hoffnung schwang in ihrer Stimme mit.

«Er war also tatsächlich in der Nacht da», sagte Bienzle nüchtern.

«Das hat er nicht gesagt.»

«Würde er sonst kommen?»

Eine knappe Stunde später traten Bienzle, Inge und Schildknecht aus dem Haus. Inges Auto stand noch dicht bei der Tür.

Bienzle sagte: «Sie müssen keine Angst haben. Wir haben

genügend Beamte zu der Hütte beordert. Und wir fahren jetzt auch hinter Ihnen her.»

«Und für alle Fälle habe ich ein Mikro in Ihrem Wagen versteckt. Sie können also jederzeit Kontakt zu uns aufnehmen», ergänzte Schildknecht.

44 Bienzle ließ Inges Wagen passieren und folgte ihm dann im Abstand von knapp fünfzig Metern. Schildknecht hatte es übernommen, das Funkgerät zu bedienen.

Inge fuhr langsam über die Brücke, bog nach links ab und folgte zwei Kilometer dem Sträßchen, das an der Steinach entlangführte. Wie oft war sie diese Strecke mit dem Fahrrad gefahren, um ihren heimlichen Geliebten zu treffen. Die Stelle, an der sie rechts abbiegen musste, kam in ihr Blickfeld. Sie setzte den Blinker und schaltete herunter.

«Nicht rechts ab. Gradeaus, Inge!» Die Stimme kam aus dem Fonds ihres Autos. Sie erschrak so heftig, dass sie das Steuer verriss und um ein Haar im Graben gelandet wäre. Aus den Augenwinkeln sah sie, wie sich Winfried ein wenig aus dem Fußraum hinter den Vordersitzen hochstemmte – nur so weit allerdings, dass man ihn aus dem nachfolgenden Wagen nicht durch die Heckscheibe sehen konnte.

«Ganz ruhig weiterfahren, aber gradeaus, ja?», ertönte die Stimme wieder von hinten.

«Was macht die denn? Die muss doch hier rechts ab», schrie Bienzle.

«Vielleicht weiß sie einen kürzeren Weg», ließ sich Schildknecht hören, der heftig daran arbeitete, den Funkkontakt zu dem vorausfahrenden Wagen herzustellen.

177

«Du fährst jetzt genau nach meinen Anweisungen.» Das war der erste Satz, den Schildknecht endlich einfangen konnte.

«Das ist doch der Winfried Horrenried!» Bienzle schaltete einen Gang herunter, ging aufs Gas und beschleunigte. «Wir müssen uns den sofort schnappen.»

Dort, wo die Steinach in die Roth mündete, stieß auch das kleine Talsträßchen auf eine gut ausgebaute Landstraße. Zuvor aber führte es über einen Bahnübergang. Das rote Licht begann just in diesem Moment zu blinken.

«Dort vorne kriegen wir ihn», rief Bienzle. Die Schranke senkte sich bereits.

Winfried Horrenried zwängte sich zwischen den Sitzlehnen nach vorne, packte Inges rechten Fuß, der vom Gaspedal zur Bremse wechselte, mit der linken Hand und drückte gleichzeitig das Gaspedal mit seiner rechten Hand voll durch.

Inges Auto schlingerte in der allerletzten Sekunde unter dem sich senkenden Schrankenbalken hindurch. Bienzle trat voll auf die Bremse. Mit rauchenden Reifen schob sich der Wagen auf den Schrankenbalken zu und touchierte ihn noch leicht. Bienzle stieß einen langen Fluch aus.

In Inges Auto turnte Winfried Horrenried über die Lehne des Beifahrersitzes nach vorne und ließ sich neben Inge fallen. Inge warf ihm einen ängstlichen Blick zu.

«Wir fahren jetzt immer Richtung Schwäbisch Gmünd und dann gerade nauf auf d'Alb.» Winni schien richtig gute Laune zu haben. Er sah Inge an. «Also, du hast mich gesehen in der Nacht? Oder ist das ein Bluff? Willst du Druck machen?» Er fasste zu ihr herüber, nahm ihr Kinn zwischen Daumen und Zeigefinger und drehte kurz ihren Kopf zu sich. «Ich war da, stimmt, aber ich glaube nicht, dass du mich gesehen hast. Also, was willst du von mir?»

Bienzle und Schildknecht hörten jedes Wort mit. Doch nun hatte Bienzle das Autotelefon an sich gerissen. Er konnte seine Stimme nur mit Mühe beherrschen, als er hineinsprach. «Bienzle an Zentrale. Ringfahndung. Sofort! Gesucht wird der Wagen WN-YK 4327, grauer Golf. Zuletzt gesichtet am Bahnübergang Oberweißach.»

Gleichzeitig war über Funk Inge Kranzmeiers Stimme zu hören: «Wir haben doch so schöne Pläne gehabt. Ich hab alles für dich getan, Winni ... alles!»

Schildknecht war völlig von der Rolle. Er schlug mit der Faust aufs Armaturenbrett und schrie ein ums andere Mal: «Der Drecksack hat uns gelinkt!»

«Ruhe!», herrschte ihn Bienzle an. Aber jetzt war ohnehin eine Zeit lang nichts zu hören. Ein Güterzug ratterte vorbei. Bienzle starrte trostlos vor sich hin. «Haben Sie gewusst, wie lang so ein Güterzug sein kann?», fragte er.

Endlich war der letzte Wagen vorbei. Quälend langsam hob sich die Schranke.

«Wo ist er jetzt, können Sie ihn orten?», fragte Bienzle, wollte hastig anfahren und würgte prompt den Motor ab.

Schildknecht schrie: «Quatsch! Das Gerät ist nur zum Mithören. Das ist doch kein Peilsender!»

Man hörte Horrenried giftig lachen. «Du wolltest mich also tatsächlich hinhängen.»

«Ich ...» Inges Stimme versagte.

Bienzle hatte den Wagen neu gestartet und bog nun auf die Landstraße ein. Er ließ sein Seitenfenster herunter und haute das Blaulicht aufs Dach. «Einschalten», rief er Schildknecht zu.

Sie hörten Winfried sagen: «Ist doch klar: Du wolltest dich rächen ... Und dazu hast du sogar allen Grund, meine Schöne! Nachdem du mich an dem Abend angerufen hast,

179

bin ich tatsächlich los. Ich hab gedacht, wenn der Albert nicht heimgekommen ist, können wir uns vielleicht gleich das Testament unter den Nagel reißen und es vernichten. Aber dann hab ich gesehen, dass das Tor offen war. Und da hat er gelegen. Er hat geröchelt, aber er war nicht hin.»

Inge schrie entsetzt: «Hör auf!»

«Ich hab Arbeitshandschuhe angezogen, die da rumlagen, hab ihn an den Schultern gepackt und in die Sägespäne gedrückt. Und dann hab ich ihn zugeschüttet. Immer weiter zugeschüttet, Schaufel für Schaufel, bis nichts mehr von ihm zu sehen war. Dort vorne fahren wir rechts.»

«Wo willst du überhaupt hin?», fragte Inge mit zitternder Stimme.

«Irgendwohin, wo wir uns in Ruhe unterhalten können ...»

Währenddessen lief der Polizeiapparat schon auf vollen Touren. Zwei Hubschrauber starteten. In der Zentrale kreisten Beamte das Gebiet ein. Schildknecht gab nun laufend ihre Position durch. Aber er wusste ja nicht, ob sie die gleiche Strecke fuhren wie Inge und Horrenried.

Bienzle, der sich in der Gegend halbwegs auskannte, sagte: «Wahrscheinlich fahren sie über Gschwend.»

«Du willst dich in Ruhe unterhalten?» Inge lachte hysterisch. «In Ruhe? Wir werden abgehört. Die Polizei hat eine Wanze ins Auto eingebaut.»

Das schien Winfried nun richtig zu amüsieren. «Da hast du dir ja was ganz Cleveres einfallen lassen ... Wo ist denn die Wanze ...?» Er suchte ein bisschen herum, aber er nahm den Hinweis nicht wirklich ernst.

Sie erreichten ein kleines Dorf. In der Mitte stand ein kleines, sauber herausgeputztes Fachwerkhaus: Rathaus und Polizeistation. Die Straße machte einen Bogen um das Gebäude und den kleinen Platz davor. Ein Polizeiwagen parkte schräg vor dem Haus.

Polizeiobermeister Wachter trat aus der Wache. Er hatte die Meldungen der Einsatzzentrale gehört und wollte sich an der Suche beteiligen. Inges Wagen huschte an ihm vorbei. Wachter blinzelte. «Ja, jetzt kann i gar nimmer», sagte er zu sich selber, rannte zu seinem Streifenwagen und riss das Funkmikro aus der Halterung. Seine Stimme überschlug sich, als er meldete: «Polizeiobermeister Wachter hier, Polizeiposten Lensingen. Der gesuchte graue Golf ist grade hier durchgefahren.»

«Dranbleiben und ständig Position durchgeben», sagte der Beamte in der Zentrale mit ruhiger Stimme.

«Jawoll, wird gemacht!» POM Wachter sprang in seinen Wagen.

«Lensingen? Da können wir abkürzen, vorne links ab», sagte Bienzle zu Schildknecht. «Hinter Lensingen gibt es einen berühmten Steinbruch, in dem man noch immer alte Versteinerungen findet – im Schiefer!»

Schildknecht interessierte das keinen Deut.

Bienzle nahm das Mikro. «Hier Bienzle. Alle zur Verfügung stehenden Kräfte ...»

Die ruhige Stimme aus der Einsatzzentrale ließ sich hören. «Sie sind hier nicht weisungsbefugt, Kollege Bienzle.»

«Das ist mir scheißegal. Und wenn ihr nicht spurt, könnt ihr was erleben, das versprech ich euch!», brüllte Bienzle.

«Wir machen doch sowieso alles, was nötig ist, auch ohne Sie», sagte die Stimme.

«'tschuldigung», nuschelte Bienzle.

«Macht doch nix – bei dem Stress ...»

Darüber hörte man wieder Winnis Stimme. Schildknecht kroch förmlich in das Gerät hinein, um zu hören, was er sagte.

«Ich versteh euch Weiber nicht. Ich an deiner Stelle hätt die fünfzig Mille genommen und wär verschwunden. In Heimerbach kriegst du doch sowieso keinen Fuß mehr auf den Boden ... Jetzt links!»

Schildknecht, der nun eine Karte auf den Knien hatte, versuchte nachzuvollziehen, wo das sein könnte, wurde aber nicht fündig. «Da ist nach links keine Straße eingezeichnet.»

«Ein Feldweg tut's ja vielleicht auch, aber dafür bräucht man eine Wanderkarte», antwortete Bienzle.

«Aber dass du mich verraten wolltest ...» Das war wieder Winfried Horrenrieds Stimme.

«Ich würde dich nie verraten», sagte Inge, «aber ...»

Winni unterbrach sie mit einem hässlichen Lachen.

«... aber ein Leben lang erpressen, wie? Tu dies, tu das, oder ich geh zur Polizei. Dort vorne rechts.»

«Ich fahr nicht weiter.» Inges Stimme klang panisch. Sie ging vom Gas und setzte den Fuß auf die Bremse.

Blitzartig hatte Winfried ein Messer in der Hand und hielt es ihr an die Kehle. «Du tust genau, was ich dir sage. Los, fahr!»

Der Golf holperte einen ausgefahrenen Feldweg entlang, der zu einer kleinen Anhöhe führte. Auf der Kuppe stand ein Schlehengebüsch.

«Jetzt stopp!» Winfried klappte das Messer zusammen.

«Was hat der bloß vor?», fragte Schildknecht verzweifelt.

«Pssst», machte Bienzle.

Aber jetzt war nur noch ein kurzer Schlag und ein Aufstöhnen zu hören.

Inge war in sich zusammengesackt. Leblos hing sie hinter dem Steuer. Winfried Horrenried stieg auf der rechten Seite aus, ging um den Wagen herum und öffnete die Fahrertür. Hinter ihm, drunten auf der Fahrstraße, raste ein Polizeiauto mit Blaulicht und Martinshorn vorbei.

In dem Polizeiwagen saß POM Wachter. Schon nach wenigen hundert Metern kam ihm ein Zivilwagen mit Blaulicht entgegen. Die beiden Fahrzeuge stoppten. Bienzle und Wachter ließen ihre Fenster herunter.

«Bienzle», «Wachter», stellten sie sich vor.

«Haben Sie ihn verloren?», fragte Bienzle.

«Er muss aber hier langgefahren sein», sagte Wachter.

«Aber dann wäre er uns doch entgegengekommen», rief Schildknecht aus dem Wagen heraus.

«Das Letzte, was er gesagt hat, war: dort vorne rechts», erinnerte sich Bienzle. «Geht da irgendwo noch ein Feldweg oder so was ab?»

«Ja, etwa anderthalb Kilometer von hier. Der führt aber zum alten Steinbruch ...»

Bienzle schaltete in den ersten Gang und raste los.

Auf der Rückseite der Kuppe mit dem Schlehengebüsch senkte sich der Weg sanft zu einem gesicherten Parkplatz oberhalb des Lensinger Steinbruchs. Links und rechts davon erstreckten sich Wiesenflächen. Die Bauern hatten das Ömd, wie hier die zweite Heuernte hieß, schon eingebracht. Glatt und kurz geschoren präsentierte sich die Grasfläche.

Winfried löste die Handbremse, schaltete auf Leerlauf und drehte am Lenkrad. Am Ende der Wiese brach das Gelände abrupt ab. Die senkrechte Steinbruchwand war nur durch einen fragilen Lattenzaun gesichert. Der junge Horrenried drückte die Fahrertür zu und ging zum Kofferraum. Mit seiner ganzen Kraft stemmte er sich gegen den Wagen. Er musste drei- oder viermal ansetzen, ehe sich die Räder zögernd bewegten. Doch sie begannen dann doch zu rollen – langsam nahm das Auto Fahrt auf. Winfried rannte nochmal nach vorne, riss die Fahrertür auf und drehte das Steuer, um die Räder gerade zu richten.

183

In diesem Augenblick schoss Bienzles Dienstwagen an dem Schlehengebüsch vorbei über die Kuppe. Winfried fuhr herum und begann zu rennen. Die Fahrertür des Golfs blieb offen.

«Da, dort läuft er!», schrie Schildknecht.

«Den könnet die andere fange», gab Bienzle zurück. Er hatte sich weit über das Lenkrad gebeugt, sein Gesicht war verzerrt vor lauter Konzentration. Er beschleunigte.

«Mein Gott, das geht schief», rief Schildknecht.

«Was soll ich denn sonst machen?», schrie Bienzle zurück.

Inges Wagen rollte immer schneller auf den Abgrund zu.

«Das ist doch Wahnsinn! Stopp, Mann!» Schildknecht bekam panische Angst. Das geht schiiiiiief!»

Bienzles Fahrzeug schoss an Inges Wagen vorbei. Der Kommissar riss nur wenige Meter vor dem jäh abstürzenden Felsgestein das Steuer nach links. Schildknecht kauerte sich zusammen und schloss die Augen. Inges Golf krachte in die Fahrerseite des Polizeiwagens und schob ihn über das glatte Gras vor sich her. Der Lattenzaun brach. Plötzlich stand alles still.

Der Kriminalassistent richtete sich vorsichtig auf und wagte einen Blick aus dem Beifahrerfenster. Das rechte Vorderrad hing über dem Abgrund. Wäre Schildknecht ausgestiegen, wäre er sofort vierzig Meter tief gestürzt. Mit weit aufgerissenen Augen starrte er in die Tiefe.

Bienzle schaute über ihn hinweg und hatte nun auch den Blick in den Steinbruch hinab. «Au», sagte er, «des war jetzt fascht a bissle knapp!»

Vorsichtig kletterten sie nacheinander auf der Fahrerseite hinaus. Über die Kuppe kamen zwei Polizeibeamte. Sie hatten Winfried in ihrer Mitte.

Bienzle ging zu der Fahrertür von Inges Wagen und öffnete

sie. Die junge Frau kam zu sich. Benommen schaute sie direkt in Bienzles Gesicht.

«Was ist passiert?», fragte sie.

«Hmm – nichts weiter, kaum der Rede wert», sagte Bienzle.

Nun näherten sich ihnen noch mehr Polizeifahrzeuge und auch ein Notarztwagen. Die beiden Polizisten brachten Winfried Horrenried. Bienzle richtete sich auf und ging der kleinen Gruppe ein paar Schritte entgegen. Er blieb vor Horrenried stehen.

«Wenn *Sie* in dem Auto gesessen wären, hätt ich's bestimmt nicht aufgehalten!», sagte er. «Wir nehmen Sie fest. Sie werden beschuldigt, Ihren Onkel Albert Horrenried ermordet zu haben ...» Winfried wollte etwas sagen, aber Bienzle ließ ihn nicht dazu kommen: «Ich selber hab jedes Wort gehört, das Sie im Auto zu Frau Kranzmeier gesagt haben.»

«Und? Welche Beweiskraft hat das?»

«Frau Kranzmeier wird alles bezeugen. Übrigens, der Mordversuch an ihr kommt noch dazu, und den können wir bezeugen, mein Kollege und ich. Abführen!»

Der Notarzt kümmerte sich inzwischen bereits um Inge Kranzmeier.

Schildknecht trat zu Bienzle. «Die Frau wird man jetzt wohl kaum festnehmen können – in diesem Zustand.»

Bienzle sah den jungen Kollegen verständnislos an. «Ja, warum auch?»

«Wenn es sich beweisen lässt, dass das Geld eigentlich für die Jäger gedacht war, und sie hat das Testament beseitigt?»

Bienzle legte seine Hand auf den Arm des jungen Kollegen. «Ach, Schildknecht, wer will denn jetzt au des beweisen?»

185

45 Bis Bienzles Wohnung vollends renoviert und eingerichtet war, vergingen noch Wochen. Im Polizeipräsidium war längst der Alltag wieder eingekehrt. Gächter kam mit einer Rüge davon. Bei Winfried Horrenrieds Prozess sagten Schildknecht und Bienzle aus. Das Urteil lautete «lebenslänglich».

Patrick erholte sich rasch und wollte nun einen Krimi über seine Erlebnisse schreiben. Zwei Schulhefte hatte er schon mit seinen abenteuerlichen Erlebnissen gefüllt. Gächters Schwester freilich war fest entschlossen, den Jungen nie mehr alleine zu ihrem Bruder zu schicken. Das erzählte sie Bienzle beim Einweihungsfest für die neue Wohnung. Gächter hatte gefragt, ob er die Verwandten mitbringen könne, die um diese Zeit grade in Stuttgart waren.

Gegen zehn Uhr klingelte es noch an der Wohnungstür. Hinter einem großen Blumenstrauß tauchte das Gesicht von Inge Kranzmeier auf. Sie lebte jetzt in Stuttgart und arbeitete in der Kantine einer Schraubenfabrik. Manchmal traf sie sich mit Schildknecht. Martin Horrenried hatte ihr, nachdem er sein Erbe angetreten hatte, zehntausend Mark angeboten. Sie hatte die Geldzuwendung abgelehnt.

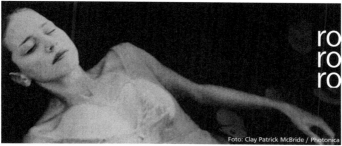

Foto: Clay Patrick McBride / Photonica

Mörderisches Deutschland

Eisbein & Sauerkraut, Gartenzwerg & Reihenhaus, Mord & Totschlag

Boris Meyn
Die rote Stadt
Ein historischer Kriminalroman
3-499-23407-6

Elke Loewe
Herbstprinz
Valerie Blooms zweites Jahr in Augustenfleth. 3-499-23396-7

Petra Hammesfahr
Das letzte Opfer
Roman. 3-499-23454-8

Renate Kampmann
Die Macht der Bilder
Roman. 3-499-23413-0

Sandra Lüpkes
Fischer, wie tief ist das Wasser
Ein Küsten-Krimi. 3-499-23416-5

Leenders/Bay/Leenders
Augenzeugen
Roman. 3-499-23281-2

Petra Oelker
Der Klosterwald
Roman. 3-499-23431-9

Carlo Schäfer
Der Keltenkreis
Roman
Eine unheimliche Serie von Morden versetzt Heidelberg in Angst und Schrecken. Der zweite Fall für Kommissar Theuer und sein ungewöhnliches Team.

3-499-23414-9

Weitere Informationen in der Rowohlt Revue oder unter www.rororo.de

Krimi-Klassiker bei rororo

Literatur kann manchmal tödlich sein

Colin Dexter
Die Leiche am Fluss
Ein Fall für Chief Inspector Morse
Roman. 3-499-23222-7

Martha Grimes
Inspektor Jury steht im Regen
Roman. 3-499-22160-8

P. D. James
Tod im weißen Häubchen
Roman. 3-499-23343-6

Ruth Rendell
Sprich nicht mit Fremden
Roman. 3-499-23073-9

Dorothy L. Sayers
Diskrete Zeugen
Roman. 3-499-23083-6

Linda Barnes
Carlotta spielt den Blues
Roman. 3-499-23272-3

Harry Kemelman
Der Rabbi schoss am Donnerstag
Roman. 3-499-23353-3

Tony Hillerman
Dachsjagd
Roman. 3-499-23332-0

Janwillem van de Wetering
Outsider in Amsterdam
Roman. 3-499-23329-0

Maj Sjöwall/Per Wahlöö
Die Tote im Götakanal

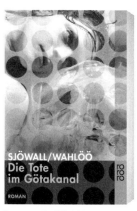

Roman. 3-499-22951-X

Weitere Informationen in der Rowohlt Revue oder unter www.rororo.de